龍雲
作品

龍雲
作品

驅魔教師
01
一零八傳奇
龍雲——著
B.c.N.y.——繪

驅魔教師

01

一零八傳奇

第1章·006
第2章·058
第3章·116
第4章·136
尾聲·177
後記·188

第1章

1

夏季才剛結束，台北的街頭便已經有了一點冬天的味道。

對位於台北市中心的J女中來說，今天是新學年的第一天。

時間一來到早上七點，J女中的大門前，便陸陸續續有準備上學的學生走入，準備開始新一學年的課程。

原本應該充滿活力的學生，腳步在這個時候都難免顯得沉重。

畢竟才剛經過一段為期最長的暑假，重新回到學生生活，還是需要一段時間收心與習慣。

不過，對於剛升高二的學生來說，這一學期由於進行了分組、分班，一切就好像回到高一一樣，有種又得要重新適應的新鮮感。

因此在經過兩個月的假期之後，雖然腳步會有點沉重，但卻也有著一點既緊張又期待的心情。

才剛踏進校門，在眾多學生們各種複雜心情的交織中，一個聲音突然叫道：「曉潔，早啊！」

被喚做曉潔的女學生轉頭一看，笑著回應：「于欣，早啊。」

只見于欣一臉哀怨的表情，與她那充滿朝氣的聲音形成了強烈對比。

「怎麼臉那麼臭啊？」曉潔苦笑問道。

「不想上學啊，」于欣抱怨：「不過算了，反正開學是遲早的事，我比較不能接受的是，為什麼我們大家都在己班，就只有妳被分到甲班？沒道理啊。」

「除了上課，其他時間還是可以在一起啊，」曉潔安慰于欣說：「我們不是就約好了今天放學要一起去唱歌嗎？」

「也是啦，」于欣還是顯得有些落寞地說：「不過這樣以後老師上課問問題就沒人可以幫我打 pass，也沒人可以跟老師辯論……啊！說不定班上還會出現很喜歡裝模作樣，或是很臭屁的傢伙，到時候就沒人壓得住那種人了。」

「什麼跟什麼啊。」曉潔哭笑不得地說。

「反正整個班上的氣氛一定不會像以前那麼好啦。」于欣揮了揮手說。

于欣會這麼捨不得與曉潔分班，除了因為兩人是好朋友之外，還有一個原因，就是她真的很欣賞曉潔。

事實上，雖然才剛升上高二，但才貌兼具的曉潔也已經算是校園裡的風雲人物了。

學業成績優秀的曉潔，並不是個書呆子，也不會故意裝成乖寶寶只想討老師歡心，更不是個桀驁不馴的學生，這點從她曾經不止一次在課堂上跟老師辯論是非，但又不會據理力爭到讓老師沒有台階可下，就可以看得出來。

而之所以受歡迎，最主要還是因為曉潔率真的個性，她總是能打從心底跟大家一起嬉鬧歡笑、一起生氣悲傷。

也因為這樣的個性使然，雖然曉潔各方面表現優異，經常是團體的中心人物，但她不做作、不好勝、不強出頭，因此不太會激起他人的競爭心理，造就了只要有曉潔在的地方，不管是班級還是社團，氣氛都會被她感染，變得和諧愉快。

就在兩人邊走邊聊的時候，也有不少同學和曉潔打招呼道早安，好人緣可見一斑。

來到西側大樓二樓，因為不同班的緣故，于欣先與曉潔告別了。

而繼續往三樓上去的曉潔，才剛爬上三樓，就聽到了一名婦人的叫囂聲。

「為什麼是這一班？」

婦人手拿著一份文件，劍拔弩張地對著學校的人員吼。

那些校務人員之中，除了有已經知道是普二丙的導師黃老師之外，還有一個是教務主任，其他幾個老師雖然曉潔叫不出名字，但是也不陌生。

所有教職人員就好像被教訓的學生一樣，以教務主任為首排成了一排。

只見教務主任一臉尷尬地要婦人不要那麼激動，但卻一點也不減婦人囂張跋扈的氣勢。

雖然沒見過婦人，可是從一些片段的爭論與態度看起來，應該是某個學生的家長才對。

曉潔不想捲入這場風波，只想快點避開眼前的這些人進入教室。

偏偏婦人就站在自己的班級普二甲門前，讓曉潔有點尷尬地只能低著頭走進教室。

教室裡面的同學們，個個也都低著頭不敢出聲。

由於剛開學，座位還沒有排過，同學們都是隨便坐，但是因為門口正在爭執，學生們幾乎清一色都坐在離走廊最遠的地方，讓整間教室看起來有點不平衡。

左側距離走廊比較遠的地方，幾乎座無虛席，右側這邊，則是完全沒有人坐。

曉潔也跟著其他人一樣，盡可能遠離走廊，才剛坐下來，就聽到教務主任這時終於有機會可以好好跟婦人談。

「太太，」教務主任哭喪著臉說：「妳是聽誰說的？我們學校真的沒有能力分班。」

原來是這件事情啊？

聽到教務主任的這一句話，曉潔大概就猜到是什麼情況了。

所謂的能力分班，顧名思義就是按照學生的成績來分班，然而對於會產生所謂好壞班的這種制度，教育局已經明文禁止了，但是許多學校仍然私底下進行這樣的分班。

當然，J女中也有，這是不能說的秘密，卻也是公開的秘密。

然而學校當然還是那唯一的方針，打死不承認。

很明顯就是有學生的家長非常不滿意這樣的分班結果，所以才會跑來學校理論吧？

「放屁！」婦人激動地叫道：「不要以為你們可以騙我！小心我到教育局去告發你

們！」

一聽到教育局，教務主任以及其他教職員的臉全都垮了下來。

眼看教育局三個字，彷彿千斤大石一樣，壓在眼前這些哈腰的教職員身上，婦人也更顯得意，大聲地叫道：「你們現在只有兩條路可以走，要嘛就立刻把我的小孩送到好班，要嘛就是等著被教育局查緝！」

聽到婦人這麼說，所有人紛紛看向教務主任，一時之間所有人都在等待教務主任的回應。

在沉吟掙扎了一會之後，教務主任哭喪著臉說：「就像我們說的，我們『真的』沒有能力分班。」

這話說得很小聲，聽起來也異常心虛。

「既然這樣，」婦人扠著腰說：「那就讓我女兒轉到我指定的班級也沒差吧。」

聽到婦人這麼說，教務主任更是一臉快哭的模樣說：「現在班級都已經分配好了，如果突然調班的話，會有點——」

「你看！」婦人沒等教務主任說完，就用手指著教務主任的鼻子說：「這不正是你們作賊心虛的證明嗎？你還敢說你們沒有分好壞班？」

被婦人這麼一說，教務主任當場臉色又是十分難堪。

一旁普二丙的導師黃老師見了，立刻跳出來幫腔。

「話不能這麼說，」黃老師皺著眉頭說：「如果每個家長都像太太妳一樣，隨便指定班級，那麼學校不會大亂嗎？」

這話一說出口，先別說婦人的反應，就連教室裡面的學生們，都有好幾個搖了搖頭。

果然婦人聽了，瞪大雙眼、張大了嘴，彷彿黃老師剛剛所說的話，是什麼大逆不道的話語。

其他老師聽了也是立刻面露難色，深知黃老師的這段話，肯定會讓婦人火上加油。

「妳說這話什麼意思！」婦人果然勃然大怒，指著黃老師叫道：「妳的意思是我在無理取鬧嗎？那我也不需要給你們退路了，我現在立刻就去教育局告發你們！」

「請妳不要這麼激動，太太。」教務主任轉過頭來，一臉苦瓜相地責怪黃老師說：「黃老師，妳不能這樣說，人家家長也只是擔心自己的女兒而已。」

雖然這麼說是為了安撫婦人，但是不只教務主任，就連其他老師也是一臉責備地看著自己，讓黃老師還真是啞巴吃黃連，有苦說不出。

眼看自己成了眾矢之的，黃老師覺得進退兩難之際，突然看到了一個出現在樓梯口的身影，立刻彷彿看到救星般張大了眼，向那個身影揮了揮手。

不只黃老師，其他人轉過頭去，臉上也不自覺浮現出跟黃老師同樣的表情。

因為看到所有老師都紛紛轉向那個身影，就連原本還在飆罵的婦人，也突然停下來一起看過去。

外面一時之間，突然沉靜了下來，教室裡面的學生們也覺得好奇，紛紛轉向走廊。

過沒多久，那個身影終於出現在所有人面前，來的人是個男子。

看上去約莫三十歲，不算老、也不算年輕，頂著一頭蓬鬆的黑髮，看起來就是一副不修邊幅的模樣。

男子戴著一副厚重的黑框眼鏡，手上還拿著一疊資料跟書本，有點駝背，從外表看起來給人有種弱不禁風的感覺。

「洪老師，」黃老師對那男子說：「你來得太好了，這位是你們班上同學的家長。」

原來來的不是別人，正是曉潔班上的新任導師，洪旻吉老師。

聽到黃老師這麼說，班上的同學立刻開始竊竊私語，一方面出自於對自己導師的好奇，另一方面也多少有點看好戲的心態，想看看這個新導師會怎麼處理這個燙手山芋。

「什麼你們班上？」婦人聽到黃老師這麼說，氣憤地糾正道：「我有說好了嗎？你們是真的打從一開始就想要敷衍我，是不是？」

眼看婦人又要火起來，教務主任立刻上前，然後向其他老師打了個暗號，要他們向洪老師說明一下情況，自己則拚命跟婦人解釋，他們並沒有要敷衍她的意思。

洪老師聽了黃老師的說明，很快就掌握住狀況，只見他上前對著婦人點了點頭，也算是先禮後兵地打了聲招呼。

「妳是陳純菲的家長吧？」洪老師雙眼沒有直視著婦人的臉，反而是看著地板有點膽怯地說：「聽說妳是因為分班的問題，所以覺得有點不愉快，是這樣嗎？」

婦人有點不耐煩地點了點頭。

「我們學校真的沒有能力分班，」洪老師從自己手上的資料之中，抽出一張紙說：「最好的證明就是葉曉潔在我們班上。」

洪老師手上所拿的紙，正是曉潔的高一成績單，但是婦人聽了卻是一臉不解，不知道這算哪門子證據。

「葉曉潔是全學年第一名的學生，」洪老師用手指著成績單上面寫著「一」的名次說道：「如果我們學校真的有分好壞班的話，相信我，有她的班級就是好班。」

被洪老師這麼一說，婦人很明顯地有點不知該怎麼辯駁，這是婦人來這邊吵了十多分鐘以來，第一次流露出這樣的表情。

「可是……」即便這樣，婦人仍然不願意輕易打退堂鼓。

「請問，」洪老師仍舊低著頭說：「妳為什麼會認為自己女兒讀的班級是能力分班之中的壞班呢？」

「因為你們班上……」婦人有點為難地說：「聽說有那種差點就留級的學生，所以……」

「這樣不就對了嗎？」洪老師推了推眼鏡說：「不管是第一名還是不及格的學生，都在我們班上，不就證明我們沒有能力分班嗎？」

局勢在洪老師出現之後，有了徹底的改變，這讓包括教務主任在內的所有其他老師，都是一臉鬆了一口氣的神情，看在婦人眼中，這實在是很不甘心的事情。

因此眼看說理說不清，也只有蠻幹了，婦人臉一變，張開了嘴巴，正準備不管三七二十一，即使跳針也要吵下去。

洪老師卻彷彿看穿了婦人心意一般，向前一步靠近婦人低聲說道：「拜託妳，不要再讓妳的小孩難堪了。」

「我讓我的小孩難堪？」

婦人聽了氣燄又快要燒起來，這時洪老師突然向後讓了一步，原本被洪老師擋住的視線，讓婦人直直看到了教室裡面。

教室裡面，婦人的女兒陳純菲的頭低到不能再低，而其他同學也隨著婦人的視線，一起看向那個似乎非常難堪的同學身上。

其實說實在的，才剛開學，即便是導師也不可能掌握住每個同學的個性，但是以高二女生的心理狀況，在遇到這種情況時，不管內心是贊成還是反對母親此刻的舉動，都會因為成為焦點而有點不好意思，自然會將頭低下去，不想跟其他人的視線有所接觸，看上去就好像是覺得難堪一樣。

在順利引導了婦人的視線之後，洪老師又向前一步，再次遮住了婦人的視線，並且低頭在婦人身邊輕輕地說：「在事情還沒到不可收拾的地步之前，讓它落幕吧，讓我們當這件事情都沒有發生過。我是妳女兒的導師，我向妳保證，我會好好地照顧她。但是現在我真的非常需要妳的配合，讓這整起事件結束吧。」

洪老師說得十分誠懇，讓婦人頭越點越低，到最後只能緩緩地點了點頭。

當然教室裡面的同學們，完全不清楚外面這整起鬧劇發展的情況，只知道自從自己班上的導師出現之後，短短幾秒鐘的時間，婦人便不再叫囂，簡直就只有神奇兩個字可以形容。

所有同學們不免竊竊私語起來，似乎都對這個其貌不揚但是處理事情能力極佳的導師，產生了很濃厚的興趣。

最後兩人輕聲交談了幾句之後，婦人在教務主任的帶領之下離開了教室門前，而洪老師也轉身走進了教室。

與此同時，象徵著新一學年正式開始的鈴聲，也經由擴音器傳到了整個學校的每一個角落。

2

他就是我們的導師？

在第一眼看到洪老師之後，曉潔的心中有了這樣的疑問。

曉潔甚至懷疑他會不會是新來的老師，因為曉潔在學校也已經待了一年，對眼前這位不修邊幅的男子，完全沒有半點印象。

曉潔的記憶力出眾，如果過去真的有看過，哪怕只有一眼也好，應該多少都會有點印象，但是此刻卻對眼前的這位導師半點印象也沒有。

除此之外，不知道為什麼，眼前的這位導師，讓曉潔有一種說不出的怪異感覺。

早自習剛開始的此刻，看著洪老師走進教室之中，所有同學都鴉雀無聲。

想不到那個激動的婦人鬧了將近半個小時，所有人都拿她沒辦法，但是當身為導師的洪老師一出現，三兩下就將婦人打發走了，這不免讓班上的同學對自己未來的導師充滿了興趣。

就在這萬眾矚目的視線之下，洪老師站到了台前，雙眼仍舊不改以往地看著地板。

「各位同學……」

洪老師的聲音出乎意料的小聲，讓不少同學紛紛將身體往前傾，就只為了聽清楚洪老師說的話。

「我是妳們這學期的導師兼國文老師，」洪老師依然看著地板說：「洪旻吉。」

洪老師說完之後，轉身在黑板上面寫下了「洪旻吉」三個字，寫完之後，面對著黑板沒有轉身，約莫等了三秒，又快速將黑板上的名字給擦掉。

「然後，」洪老師突然轉過來說道：「現在換妳們開始稍微自我介紹，就從一號開始。」

這突如其來的發展，讓毫無防備的眾人不免騷動了起來，就在大夥還措手不及的時候，洪老師已經示意要一號開始起身自我介紹。

座號一號的不是別人，正是去年全學年第一名的葉曉潔。

曉潔無奈，雖然沒有半點心理準備，但是一向就很大方的她，緩緩地站起身來，開始了自我介紹。

「大家好，」曉潔站起來向大家點了個頭說：「我叫葉曉潔，叫我曉潔就可以了。我是原本高一乙班的，興趣是寫作跟看小說，參加的社團是小說創作研究社，歡迎大家一起加入這個社團，很有趣喔。」

曉潔過去在校園就已經小有知名度，因此幾乎在座的每一位同學就算不認識她，也大概知道這號人物的存在。

曉潔在做完簡短的自我介紹完之後，便坐了下來。

接下來的二號同學，正是今天早上引起軒然大波的陳純菲，因此當她開始自我介紹的時候，下面許多同學都對她抱有些許不友善的眼光。

或許也是因為有自知之明，陳純菲沒有多作介紹，只說了自己原本的班級與社團之後，就坐了下來。

自我介紹就這樣展開，大部分的同學都效仿曉潔的說法，做了一下簡單的自我介紹，只有偶爾會出現幾個比較活潑的同學，說出一些逗趣的自我介紹，引來全班哄堂大笑。

然而洪老師雖然有時候也會跟著同學一起稍微笑一下，不過大部分的時間，洪老師都像個木頭人一樣，甚至連看都沒有看向自我介紹的同學，讓整個自我介紹感覺起來有點突兀。

曉潔一直看著洪老師，那種怪異的感覺卻一直浮現在心頭之上。她總覺得這個洪老師，似乎有什麼地方有說不出的怪，但是如果真要曉潔說的話，她也不知道該從何說起。

整個早自習的時光，就這樣在自我介紹之中度過。

早自習過後的第一堂課正是洪老師的國文課，因此在下課鐘聲響了之後，洪老師沒有離開教室，仍然待在教室的前面，靜靜地站在那裡，什麼事情也不做。

看著這樣的老師，許多同學似乎心中已經開始浮現出「怪胎」這兩個字了。

就這樣，當代表第一堂課開始的鐘聲響起時，洪老師早就已經佇立在講台上了。

剛剛在早自習結束的時候，並不夠時間讓所有同學完成自我介紹，因此大家都認為等等是洪老師自己的課，這個流程應該還會繼續下去。

只見洪老師突然拿出了課本，面無表情地說：「開始上課了，請大家拿出課本，翻到第一課。」

聽到這句話，大部分同學不免發出了哀號。

雖然知道正式上課遲早會來臨，但大夥還是有些許期待，在這開學的第一天，不會這麼快就進入狀況。

想不到自己的導師，竟然連聽完所有同學自我介紹的意思都沒有，直接就開始上課。

許多同學心不甘情不願地拿出課本，掃興的表情全部都寫在臉上。

教室前面的講台，洪老師已經將書本翻到了第一課。

只見洪老師死命地盯著課本，彷彿這是他人生中第一次看到這本課本。

這模樣讓台下的所有同學面面相覷，臉上都流露出不可思議的表情，接著洪老師張開了嘴……

頓時間，所有人的雙眼都瞪得老大，似乎不太相信眼前的事實。

「第一課，」洪老師彷彿是參加朗讀比賽一樣，開始唸起了課本的內容：「燭之武退秦師，晉侯、秦伯圍鄭，以其無理於晉……」

雖然在過去曾經聽聞過有這樣的老師，不過任誰都沒有想到，在現在這種時代，還有幾乎一字不漏，完全照著課本唸的老師，這實在太讓人難以想像了。

所有同學都是毫不客氣地張大了嘴，臉上盡是不可思議以及難以置信的表情。

這裡面最失望的莫過於曉潔了，畢竟國文是她最喜歡的科目，自己還有想要當作家的夢想。

眼看自己最期待的科目，遇上了這樣的老師，真的讓曉潔欲哭無淚，無奈到了極點。

今年應該是自己高中生涯之中，最悲慘的一年吧？

看著那低頭死盯國文課本照著唸的洪老師，曉潔的心中出現了這樣的覺悟。

然而曉潔怎麼也沒有料想到的是，這一年雖然悲慘，但能夠遇到洪老師，說不定是她不幸中的大幸。

3

人的適應力其實遠比想像中的還要可怕。

開學第一週，曉潔與班上同學們每到國文課，都會有種想死的感覺。

一整個禮拜下來，每一堂，不誇張，真的是每一堂國文課，洪老師都只有唸課本，課文唸完唸註解，註解唸完唸賞析，賞析唸完唸課外補充，總之就是一路唸過去。

不只有國文課，就連其他時候，也都沒有人能夠接受洪老師就是自己班導師的事實。因為按理說，在女校被這麼多女生包圍，洪老師應該早就已經習慣了才對，但他卻像個從來沒碰過三次元女性的害羞宅大叔，連自己的學生都不敢正眼看她們。

洪老師除了國文課從頭到尾低著頭猛盯課本唸之外，就連平常也都是一副畏畏縮縮的樣子，總是低頭看著地板，而且除非萬不得已，否則根本不會主動找學生說話，因此實在很難讓人相信這樣的人竟然可以擔任班導師。

然而一週過去，來到第二週，大家便已經開始逐漸習慣、接受洪老師就是自己的班導跟國文老師。

反正班上有個能力拔群的曉潔當班長，有什麼事情曉潔都會處理好，所以洪老師似乎也派不上用場。

至於可怕又可悲的國文課，大家已經索性把洪老師唸課本的聲音當成背景音樂，或睡覺或發呆或看書，各自做著自己想做的事情，感覺似乎也沒有那麼糟糕了。

只是班上同學不知道的是，這時候的曉潔，因為才剛經歷過一場連她自己都難以置信的劫難，導致她所看到的洪老師，與其他同學們眼中的洪老師根本是截然不同的兩個人。

還記得開學的第一天放學後，曉潔跟著于欣等原本高一同班的同學們相約一起去唱歌。原本應該是一場開心的聚會，卻因在聚會上講起鬼故事、點播那些傳聞中鬧鬼的 MV，弄得大家人心惶惶，最後又憑空出現一支未點播的 MV，嚇得所有人奪門而出。

從那個時候開始，曉潔便注意到自己被詭異的男人跟蹤，後來她更發現那男人，其實並不屬於這個世界。

就在曉潔命在旦夕的時候，那個看起來一點都不可靠、令她失望透頂的洪老師，竟然出手救了她。

縱使曉潔再怎麼難以接受，但那個上課呆板到一個極致的洪老師，在她真正需要的時候，卻徹底大變身，並且還成了她的救命恩人。

今天起正式邁入了第三週，大家的校園生活也都已經逐漸步入軌道，學校卻突然透露出一股奇怪的氣氛。

打從一大早，各班導師臉上的神情，都多了一分肅殺之氣。

就在眾人還搞不清楚到底發生什麼事情之際，幾個比較八卦的同學，終於打探到了情報，消息也很快就散布開來了。

老師們之所以那麼嚴肅的原因只有一個——督學來了。

知道這個情報之後，班上有些同學就在笑，不知道督學看到洪老師上課的情況，會不會目瞪口呆或當場翻臉，總之絕對是難以置信。

還有些同學興奮地認為，說不定她們很快就會有個新導師了。

聽到同學這麼說，曉潔內心不免替洪老師感到憂心。

雖然曉潔也實在很受不了洪老師的上課方式，但不管怎麼說，曉潔總覺得自己確實欠他一個人情。

也因此，曉潔內心一直掙扎著到底該不該去提醒洪老師，要他好好上課。

可是身為班長的曉潔，早就已經跟洪老師抗議過無數次了。

然而無論曉潔如何抗議，洪老師不是裝死，就是趁沒人的時候回一句「我救過妳一命耶」來當作結論，然後繼續那種要命的唸課文式教學。

依照洪老師的說法，這是明哲保身的做法，如果在學校各方面表現得太亮眼，恐怕會招致不好的後果。

當然，關於學校老師之間的鬥爭，曉潔也不是完全沒有聽聞。

雖然她一點也不認同，老師可以為了自己的工作，就犧牲掉學生受教的權利，但是嚴格說起來，洪老師照本宣科的教學，也不至於到誤人子弟、人神共憤的程度。

就這樣，曉潔一直帶著複雜的情緒，而其他同學則是帶著看好戲的心情，準備迎接督學的到來。

督學開始到各班巡視的時候，正好是第四節課的國文課。台上的洪老師，不出眾人所料，仍舊是那上古時期的授課法，依然故我地唸著自己的課文。

才剛上十分鐘左右，教務主任突然出現在教室外面的走廊上。

曉潔非常清楚，這是一種暗號，一種告訴正在授課的老師們，督學來了的暗號。

終於來了，不知道為什麼，曉潔不自覺地為洪老師捏了一把冷汗。因為剛剛教務主任走得有點急，而洪老師卻還是跟以前一樣，一直死命盯著課本，恐怕根本沒有注意到教務主任。

原本曉潔還在想要不要給洪老師一點提示，但是仔細想想，就算知道督學來了，他又能如何呢？

不過下一秒，曉潔就知道，自己的擔憂是多餘的。

只見教務主任才剛走過去，洪老師的聲音突然有了驚人的變化。

「各位同學！」洪老師的聲音突然變得洪亮：「注意這邊！」

想不到老師的語調會突然變得超有活力，大家紛紛抬起頭來，只見台上那個一直駝著背、只會盯著課本唸課文的老師，此刻竟然破天荒地抬起了頭，面對著大家。

這是在演哪齣？

所有人都有點看傻了，就連知道洪老師私底下面貌的曉潔，都不免覺得驚訝。

與此同時，校長陪同著督學，好死不死就在這個時候出現在教室外面的走廊上。

一切就好像事先排練好的劇本般，此刻所有同學都瞪大了雙眼，看著講台前的洪老師。

不知情的人看到了，還以為這老師有多麼厲害，上課有多麼精采，竟然可以讓學生如此全神貫注。

注意到同學們的反應，就連督學都特別停下腳步，看著洪老師。

「是的，」在萬眾矚目的此刻，一向害羞低著頭的洪老師，竟然沒有半點怯場的模樣，點著頭說道：「我們剛剛講到的舌粲蓮花，我保證看過老師的講解之後，妳們這輩子都不會忘記這句成語的意思。」

所有人都還來不及從洪老師的不變中回過神來，洪老師竟然又有了驚人之舉。

只見洪老師說完之後，立刻伸出了舌頭，並且用手指在舌上輕輕一捏，再次攤開手掌時，一朵蓮花竟然真的就出現在老師的手上。

這是什麼鬼東西！

那個上課無聊到無人能及的老師，竟然突然生動了起來，而且還不是普通的生動，簡直就是魔術表演了？

「舌粲蓮花，」洪老師熟練地將剛剛變出來的蓮花，放在手上展示般地說：「字面上的意思就是這樣，舌頭都可以開出蓮花。這句成語就是在形容一個人的口才非常出色。」

這時不只班上每個同學都看傻了眼，就連窗外的督學跟校長都為洪老師的這一手感到驚喜。

只見洪老師神采飛揚地伸出手比著上面說道：「有沒有同學可以告訴我跟它詞意類似的成語呢？曉潔！」

突然被老師點到，曉潔一時之間也的確反應不過來，愣愣地站起身來。

只不過私底下看過洪老師在校外另一個面目的她，比起其他人的驚訝當然算是輕上許多，所以結巴了一會之後，還是勉強應對得來。

「哦……口若懸河。」

「非常好！」

洪老師幾乎立刻反應地叫道，並且用力地比出了個大拇指，讓曉潔嚇了一跳。

不只有聲調，上課的多采多姿，甚至連節奏都掌握到讓人嘆為觀止的地步，這到底是什麼妖術啊！

曉潔內心訝異到頭都暈了。

窗外的督學，非常滿意地點了點頭，並且對校長大大地讚美了幾句之後，緩緩地繼續向前走，準備去看看其他班級的上課情況。

曉潔愣愣地看了看全班，那種驚訝萬分的表情，不約而同地躍上了所有同學的臉龐。

只是眾人作夢也沒想到，督學跟校長才剛走不久，洪老師竟然立刻又駝起了背，並且回到以往的面無表情，然後死命盯著課本，繼續他那裝死的照本宣科，就好像剛剛的一切都沒有發生過一樣。

只留下一整班因為驚嚇過度而呈現呆滯狀態的學生，彷彿還沒意會過來剛剛到底發生了什麼事情。

不過這只維持了短暫的瞬間，下一秒鐘，全班立刻暴動了起來，要洪老師好好解釋一下剛剛那是怎麼回事。

不過洪老師還是跟過去一樣，硬著頭皮立志裝死到底，不管下面有任何動亂都要死守照本宣科的教法。

洪老師那一流的裝死模樣，以及剛剛宛如迴光返照般只能維持一瞬間的精采上課內容，讓曉潔更加確定了，那個在校外看到的洪老師，才是他真正的面貌。

4

洪老師的裝蒜能力可以說是無懈可擊，如果說他人格沒有分裂的話，那麼以他的演技，就算把金馬獎頒給他也可以說是實至名歸。

經過了上個禮拜的劫難，再加上先前的督學事件，曉潔已經無法再相信眼前這個洪老師了。

雖然洪老師徹底否認校外的事情，也絕口不提曇花一現的精采課程，但光是這樣怎麼可能治退得了曉潔？

於是，曉潔決定開始從旁調查這個在學校有點像是扮豬吃老虎的老師。

被選為班長的曉潔，不僅是學校師生眼中的風雲人物，平常又熱衷於社團，本來就非常活躍。

因此曉潔想要蒐集洪老師的情報，並沒有太大的困難。

在很短的時間裡面，曉潔就得到了一些關於洪老師的資訊。

首先，事實上這所學校私底下一直都有能力分班，也就是大家口中的好、壞班之分，當然這雖然是不能說的秘密，但是大家也都或多或少知道。

關於這一點，曉潔並不感覺到意外，但重點是這樣一來，曉潔所在的班級，就是一個非常特殊的存在。

因為就如同開學第一天，家長來鬧時洪老師當時所說的，成績最好的，跟成績不怎樣的同學，都聚集在這個班上。

不過關於這點，曉潔稍微聯想一下就大概想通了，後來也確實得到了其他學姊的證實。

大約在幾年前，似乎也有家長對於這種分班制度非常不滿，一狀告上教育局，讓學校被列管。

後來為了躲避教育部與家長會的追查，因此學校在這方面有了一個很好的對策，於是一個班級因應而生。

這也正是這個班級存在的意義與目的。

在這個特別的班級裡面，擁有分布於各層次的同學，裡面有全校第一名的曉潔，也有全校倒數第三名的同學在裡面，換言之，這是全校唯一一班真正的常態分班。

不過在曉潔的調查之下，倒也不是只有成績平均分布那麼單純，聽說歷年來都擔任這個特殊班級導師的洪旻吉，有資格可以優先挑選學生。

曉潔所就讀的普二甲學生名單出爐時間，比起其他班級都還要快上一個禮拜。

換句話說，升高二重新分班之前，是由洪老師先選學生，在他把名單呈給教務處之後，教務處才會對其他學生開始進行能力分班。

至於洪老師是如何甄選學生的，這點沒有人知道，只知道絕對不是從成績方面著手。

除了分班之外，洪老師最讓人意外的，還有一個地方，就是他只擔任二年級的國文老師。

當然，為了拚升學率，大部分的學校都把高三當成了主力，幾乎所有最優秀、教學最優良的老師，都集中在高三，因此像洪老師那樣照本宣科的老師，會有這樣的安排，似乎也合情合理。

只是不知道為什麼，曉潔總覺得這裡面肯定有文章，畢竟能夠自己挑選班級學生，又能夠只教高二的老師，不管是過去還是現在的J女中，都不曾出現過，洪旻吉是唯一一個特例。

可惜這點不管曉潔怎麼調查，都沒辦法挖出任何內幕。

除了在學校，從其他學生口中得知的洪老師之外，曉潔回想起自己因為那場劫難而在校外看到的洪老師，有些事情也算是出乎她的意料。

當然，最驚訝的還是洪老師在校內跟校外之間的落差，以及洪老師不為人知的另一項技能與職業。

但是除了這兩件之外，還有一些曉潔比較在意的事情。

首先是在自己遇難的當時，洪老師要她換上那套暴露衣服的目的，再來就是他直盯著自己的那火熱目光，與在學校的時候，那種不敢正視人的洪老師，兩者有著非常強烈的對比。

不管怎麼想，都可以知道哪一個是裝出來的。

對現在的曉潔來說，學校裡的洪老師根本就是一隻披著羊皮的狼，校外的那個洪老師才是真正的洪老師，又或者可以說，那才是他真正的本性。

只是就算曉潔偷拍了他在校外的模樣，J女中裡面說不定沒有任何一個人會相信那個人就是平常木訥的洪老師。

這讓曉潔非常的悶。

看著現在站在前面，那個死盯著課本，連正眼都不敢看女學生一眼的洪老師，曉潔真的有種想要給他巴下去的衝動。

就算是職業演員，也沒辦法像這傢伙裝得那麼徹底吧？

等等，這是怎麼回事？

這時候曉潔突然看到了洪老師手上的課本，好像有點不太對勁。

低下頭對照著自己的課本，現在明明已經進入第三課了，可是為什麼洪老師手上的課本，看起來不太一樣？

或許是因為近視很深的關係，洪老師每次讀課文，都會把書反摺起來，然後拿得比一般人還要靠近，所以大體上來說，坐在底下前幾排的學生，都可以看得到洪老師課本反摺起來的那一頁。

曉潔坐在前面數來第三排，雖然不能清楚地看到每一個字，但是有多少行字，版面如何排列這些倒是看得一清二楚。

曉潔怎麼看都覺得那一面不太對勁。

曉潔低頭看了看自己的課本，此時台上的洪老師，正照著課本在唸第三課的課文，可是從反摺的那頁看起來，洪老師所翻的頁數，怎麼樣都不像是第三課的後面。

曉潔對了一下課文，洪老師所唸的，確確實實都是第三課的內容，非但一字不差，而且連在哪個字下面有解釋的小標記，他也都清楚地讀出來了。

可是，老師的課本卻不是翻到第三課……

原本以為是版本問題，老師拿的說不定是舊課本，所以編排上跟自己的課本不一樣，但是稍微翻了一下之後，曉潔很快就發現根本不是這個問題，而是洪老師所翻的頁數，竟然是

第四課的解釋那一面。

這到底是怎麼回事？

沒理由看著第四課讀第三課啊。

該不會……這傢伙把第三課背起來，根本不需要看也能背得出來，而且隻字不差吧？

可是……就算背得出來，也不可能翻錯頁吧？

這時曉潔突然想到，洪老師在校外是沒有戴眼鏡的，但是在學校裡卻戴著一副厚重的眼鏡。

難道說，因為沒有近視，卻故意戴上眼鏡，反而讓洪老師看不清楚，以至於根本不知道自己翻錯頁？

不對……

曉潔搖搖頭，否定了自己這個假設。

畢竟故意戴上眼鏡來把自己弄得跟瞎子一樣，根本沒有半點意義，只是徒增不便而已，更何況，如果洪老師真的什麼都看不清楚，甚至快要到看不見的地步，當時又是如何觀察出她有異狀，將會有生命危險的呢？

再說她也不記得自己有看過洪老師在學校把眼鏡拿下來的時候啊。

一想到這裡，曉潔腦海裡面浮現了上禮拜發生的那場劫難。

當時的洪老師因為目光全都在自己身上，因此成了被偷襲的目標，雖然曉潔及時提醒了，但洪老師的視線卻完全沒有從她身上移開。

當下曉潔還以為凶多吉少了，想不到洪老師竟然用眼角餘光，就輕易躲過了攻擊，還準確地反擊了回去。

這傢伙……該不會……！

曉潔心中浮現一個荒唐的想法，而且這個想法越想越覺得真實。

仔細想想，那天洪老師察覺她的異狀時，自己也的確浮現過這樣的疑問。

自從認識洪老師以來，就不曾看過洪老師正眼看自己或者任何一位學生，他又是怎麼知道自己臉色不好？

不過如果情況真的如自己現在心中所想的一樣，或許就能有個合理的解釋。

既然有了假說，曉潔決定做個實驗，來證明這個理論究竟是對還是錯。

曉潔從抽屜裡面拿出一本筆記本，然後撕下其中一面，在撕下來的紙上寫了幾個字。

課堂上，即便沒有看著正確頁面，仍然準確地唸著課文的洪老師，此時依舊單調地低頭唸著課文。

曉潔看了看其他同學，拜洪老師這種要死不活的上課方式之賜，所有人不是昏昏欲睡，就是已經閉目找周公養神去了，沒有任何同學是抬著頭看向洪老師的。

在確定沒有人注意到之後，曉潔緩緩地拿起手上的紙，將寫字的那面轉向洪老師。

紙上面大大地寫著：「課本翻錯面了！你這偷窺色鬼！」

不到三秒，只見台上的洪老師不知怎麼回事，突然整本國文課本都掉在地上。

啪的一聲雖然不是很響亮，但是也吸引住了所有同學的目光，大家紛紛抬頭，看向台上的洪老師。

只見洪老師慌張地將課本撿起來，這一次，洪老師準確地翻到了第三課，又繼續接著唸下去。

台下，幾個同學竊竊私語，調侃洪老師是不是唸到睡著了，才會讓課本掉在地上。

聽到有人這麼說，其他同學都竊笑了出來，只有曉潔一個人瞇著眼，瞪著台上那個繼續裝死的洪老師。

5

「那傢伙也太會裝死了！」

曉潔怒氣沖沖地朝著教師辦公室走去。

原來那變態根本一直都在觀察每一個人跟周遭環境嘛！就連督學來的那時候也一樣，他肯定有發現教務主任的暗示。

在得知洪老師有這種功力之後，曉潔不禁合理懷疑。

當天放學前的最後一節下課，洪老師請學生叫曉潔到辦公室一趟。

曉潔心想剛好，本來她就想要再一次「好好的」跟老師抗議，為什麼明明可以上課上得那麼生動，平常要這樣裝死？

來到了教師辦公室，洪老師仍舊坐在位子上，低著頭不知道在忙些什麼。

曉潔走到了洪老師的位子旁說：「有必要這樣裝死嗎？老師。」

「什、什麼裝死？」

被曉潔突然冒出來的這一句話嚇到幾乎整個人跳起來的洪老師，在看了看四下無人之後，才皺著眉頭說：「妳怎麼可以這樣跟老師講話？」

「我說你平常的樣子啊，」曉潔無奈地說：「明明就可以好好上課、好好看人，為什麼要裝死，還好像一副很害羞的樣子？」

「那是有督學來，不得已的啊！」洪老師一臉理所當然地說：「在學校絕對要低調再低調。」

一看到有別的老師走進來，洪老師原本瞪大的雙眼，立刻向下一垂，又回到平常那中年死宅模樣，點著頭說：「是、是，妳的意見老師聽到了。」

看到洪老師這樣，曉潔真的是快要抓狂了。

不過這次的情況不只洪老師需要偽裝，曉潔也不應該對老師說話不禮貌，即便是個裝蒜到了極點的老師。

所以曉潔也只能抿著嘴，等待那位老師經過了兩人旁邊，然後慢慢遠離兩人，一直回到自己的位子之後，曉潔才發作。

「你那也太假了吧！」曉潔輕聲抗議。

「別忘了！」洪老師也低著頭輕聲回道：「我是妳的救命恩人，別害我啊！」

曉潔垮下了臉，她知道每次只要爭執到最後，洪老師就會來這一套，這件事情根本就是被他拿來當大絕招使用。

可是之所以可以拿來當成大絕招，最主要也是因為曉潔很吃這一套，畢竟對她來說這是事實，曉潔也不是不懂得人情義理的人。

「所以呢？」曉潔嘆了口氣，臉上的表情極度哀怨地問道：「老師你找我來有什麼事情？」

「喔，」洪老師說：「妳知道我們班上的徐馨嗎？」

「知道，」曉潔點了點頭說：「她已經三天沒來上學了。」

「對，所以我希望……」洪老師停頓了一會，稍微看了一下四周，確定沒人在附近之後，輕聲地說：「我希望妳今天放學之後，可以去看看她。」

「啊？」曉潔有點訝異地說：「家庭訪問不是老師應該做的事情嗎？」

因為曉潔的聲音有點大，讓洪老師頓時又有點嚇到，並且做出壓低的手勢，要曉潔小聲一點。

「我知道！」洪老師低聲地說：「我當然也會去，不、不是，我會請我弟弟跟妳一起去。」

「什麼？」曉潔簡直不敢相信自己的耳朵。

「妳知道，」洪老師低著頭說：「走出學校，就沒有洪老師這個人了。」

雖然曉潔有千萬個不願意，但是一方面洪老師是在辦公室裡拜託她的，在眾多老師萬目睽睽之下實在不好拒絕，另一方面又覺得同學很可能遇到了困難，也不忍心棄之不顧，因此最後還是答應了洪老師的請求。

兩人約好地方之後，曉潔便離開了辦公室，等放學之後，跟「洪老師的弟弟」一起前往徐馨家裡拜訪。

徐馨對曉潔來說並不陌生，畢竟兩人在高一時就是同班，也算是當過了一整年的同學。雖然徐馨因為平常話比較少，兩人之間也沒有特別的交情，不過好歹曾經一起和一群同學出去逛過街，不能說完全沒有交集，因此曉潔也多少知道一點徐馨家裡的狀況。

因為過去發生過一件非常悲慘的事情，聽說徐馨目前是跟奶奶同住，而也正因這件事情，讓徐馨成為了學校輔導的重點人物。

在徐馨還在就讀國中的時候，因為一些家裡的事情，導致徐馨的父母發生了爭執，兩人大吵一架還不夠，最後甚至大打出手。

結果在兩人扭打的過程之中，徐馨的父親失手推倒了徐馨的母親，最後撞到了桌角，送醫不治身亡。

這起不幸的事件，讓徐馨同時失去了爸爸和媽媽，爸爸最後被依過失殺人罪判刑，一直到現在都還在監獄裡面服刑。

在這起事件之後，為了照顧同時失去父母的徐馨，徐馨的奶奶便搬過來和她同住，直到今天都是祖孫倆相依為命。

這起曾經躍上新聞版面的案件，不但讓徐馨失去了一個家，還讓她成為學校特別關注的對象，常常都可以看到輔導老師跟她對談。

對於這點，曉潔實在非常不以為然，畢竟發生的那些事情，說起來其實都跟徐馨無關，因為這樣而特別一直進行輔導，反而讓曉潔有種不斷在提醒徐馨過去那起不幸事件的感覺。

當然，曉潔也不是全然不了解學校這樣做的用意。

而曉潔對徐馨的印象，感覺她就是那種很乖、很沉默的學生，個性害羞的她，不太擅長表達自己，不過除了那被稱為複雜的家庭之外，徐馨根本就不是一個應該被過度關注或保護的女孩。

但是不管國中還是高中，徐馨都被列為重點輔導的對象，因此徐馨連續三天沒有來學校的這件事情，也的確引起了輔導室的關切，所以這一趟恐怕也不是洪老師自己願意的吧？

曉潔是這麼猜想的。

畢竟對一個家庭曾經捅過這麼大婁子的學生來說，連續請假三天，確實需要好好關切一下。

不過曉潔最後會答應，最主要是因為洪老師剛剛在拜託自己的時候，說了一句話。

原本曉潔一直不願意去當「洪老師弟弟」的煙霧彈，可是洪老師卻突然說：「我會拜託妳，是因為我覺得事情並不單純，我覺得有必要親自去一趟。」

雖然洪老師沒有說什麼地方不單純，不過卻讓曉潔想到了上個禮拜，洪老師也是這麼突然關切起自己，才讓她因此得救的。

一想到這裡，為了徐馨，曉潔只有答應洪老師了。

放學鐘聲一響，收拾好書包之後，曉潔依照跟洪老師的約定，來到學校附近的停車場，等待著洪老師，一方面也祈禱徐馨不是真的遇到什麼困難才好。

6

一輛熟悉的紅色敞篷車出現在街口，然後緩緩的在曉潔旁邊停了下來。

只見駕駛座上，一名頂著一頭金髮、打扮時髦、眼神銳利的男子，動了動頭對曉潔說：

「上車吧。」

即便已經將近一個禮拜沒見到「洪老師的弟弟阿吉」，但看在曉潔的眼中，卻是如此讓人厭惡的熟悉。

「你是去哪裡變裝的？」曉潔白著眼問。

「變裝？」阿吉挑著眉說：「我不知道妳在說什麼，我是接到我哥的電話，要我來這邊接妳的。」

「你還真是一點都沒變啊……」曉潔無奈地白了阿吉一眼。

就裝傻這點來說，阿吉跟洪老師還真是一個模子刻出來的。

事實上，上個禮拜洪老師在察覺曉潔臉色不對勁的時候，就是要她放學後去找自己的弟弟——阿吉。

但是從小觀察力就非常出眾的曉潔，卻一眼就看穿了，這個時髦的金髮男，根本不是什麼洪老師的弟弟，而是洪老師本人！

當曉潔還小的時候，有一次聖誕節，曉潔的爸爸精心打扮成聖誕老公公，貼上了大白鬍子，換上了隱形眼鏡，並且用大量的棉花弄出一個大肚子。

就連朝夕相處多年的媽媽，都完全認不出爸爸的模樣。

但是當這個由爸爸假扮的聖誕老公公登場時，年僅六歲的曉潔哭了。

她指著聖誕老公公哭著說：「爸爸騙人！你是爸爸，不是聖誕老公公！」

從小除了記憶力過人之外，曉潔的觀察力也非常出眾，認人從來就不只靠一張臉的她，就算是從背後看一個人，也從來不會認錯。

除了這個悲慘的聖誕節之外，後來曉潔讀國中的時候，班上有兩對雙胞胎兄弟，曉潔也是只看一眼，就可以分辨四個人哪個是哥哥，哪個是弟弟，比這兩對雙胞胎的父母還要神奇。

而這兩對雙胞胎，後來也都跟曉潔成為了很要好的朋友，畢竟對他們來說，這世界上還沒有人可以像曉潔一樣，可以完美地認出誰是誰。

或許，洪老師與阿吉之間的變裝落差，可以騙過百分之九十九點九的人，然而偏偏曉潔就是那可以辨識出來的百分之零點一。

因此對曉潔來說，洪老師在校外的變裝根本沒有任何意義。

雖然以時間來說，根本不夠洪老師回家去換好裝之後再開車過來。

而且，曉潔也很難想像洪老師開著這輛車的模樣，但上一次洪老師突然叫曉潔去找阿吉的時候，也是一開始就以阿吉的模樣開著跑車出現在她面前。

因此，曉潔非常確定洪老師肯定在外面就換好了，說不定一離開學校就到附近的咖啡廳或速食店的廁所變裝了。

畢竟他自己也說過，走出學校，就沒有洪老師這個人了。

曉潔上車之後，紅色跑車開始在城市裡面行駛，一路朝著徐馨家而去。

「你說，」曉潔皺著眉頭說：「你覺得事情不單純，所以有必要去一趟，什麼事情讓你覺得不單純？」

「不是我，是我哥覺得不單純，」死都要多說這一句的阿吉，沉吟了一會之後說：「這三天雖然她阿嬤每天都有打電話請假，不過聽聲音感覺不太對勁，所以想去看看。」

怎麼才剛強調是洪老師覺得不單純，接電話聽聲音的又變成阿吉了？

雖然對曉潔來說，隨隨便便都可以抓到阿吉的破綻，但是阿吉那死不認帳的功力實在是一絕，因此她也已經懶得每次都吐槽了。

「聽聲音不太對勁？」曉潔直接跳過跟阿吉爭辯的環節問到重點。

「嗯。」阿吉用力地點點頭說：「該怎麼說呢？徐馨的奶奶聲音聽起來好像有點怪。」

「怎麼個怪法？」

「講完電話，讓我頭有點暈。」

「啊？」曉潔難以置信地張大了嘴：「就這樣？」

「嗯。」

曉潔聽完啞口無言。

一個老奶奶擔心自己的孫女，打電話給學校老師幫她請假，然後就因為說不定是感冒之類聲音怪怪的，而接電話的老師在聽完電話之後有點頭暈，事情就不單純了？

這是哪門子的不單純啊？根本是你年老昏花吧！

曉潔在心中吶喊著。

雖然說自己也的確有點擔心徐馨，更不排斥花點時間去探望她，可是對於自己竟然那麼容易就相信眼前這個擺明有精神分裂症的老師，曉潔覺得自己也真是太可笑了。

不管這金毛的傢伙再說什麼，自己都不會再相信了。

曉潔暗自在心中這麼告訴自己。

車子很快就到了目的地，兩人來到了徐馨在學生資料上所填寫的住址。

那是一間有點老舊的公寓，甚至連樓下的大門都已經被拆除，只剩下門框告訴來訪的客人，這裡在很多年以前，也有一個氣派的門面。

公寓沒有電梯，兩人爬上了三樓，再三確定住址之後，按下了門鈴。

門緩緩地打開，曉潔與阿吉互看了一眼，阿吉用下巴示意要曉潔開口，當下曉潔當然不肯，皺著眉搖了搖頭，但是阿吉又努了努下巴，這時門已經大開，一位老婦人出現在門後，曉潔來不及拒絕，只好開口對老奶奶說：「妳好，請問是徐奶奶嗎？」

徐奶奶看起來有些疑惑地點了點頭。

「我是徐馨的同學，我叫做曉潔，」曉潔比了比在旁邊的阿吉說：「他是……」

想不到曉潔話還沒說出口，一旁的阿吉突然插話道：「我是曉潔的哥哥，因為我妹妹很擔心徐馨，所以今天放學特別請我載她來，想來拜訪一下徐馨，看看她現在有沒有事情。」

曉潔難以置信地張大了嘴，想不到這傢伙不但偽裝成洪老師的弟弟，現在甚至佯裝起了自己的哥哥。

然而阿吉卻是一臉無所謂，完全不管一旁曉潔的反應，讓曉潔恨不得狠狠地踩他的腳一下。

「馨啊，」徐奶奶點了點頭說：「她身體不舒服，應該是感冒吧，現在還在房間休息，可能沒辦法——」

「那麼不知道，」阿吉十分沒有禮貌地打斷徐奶奶的話說道：「我們可不可以進去看一下她，因為我妹妹真的很擔心，不讓她看一眼我想她會很難過的。」

阿吉說完，一臉誠懇地凝視著徐奶奶，讓一旁的曉潔還當真不知道該說什麼好，也只能跟著阿吉的劇本演下去，一臉擔憂地等待著徐奶奶的回答。

徐奶奶打量了兩人一下，彷彿有點不太情願，但最後還是將門打開，對兩人說：「那就請進來吧。」

兩人跟著徐奶奶走進屋內，才剛進到裡面，兩人不自覺地皺起了眉頭，因為整間屋子似乎都有一股很難聞的氣味。

那種氣味有點像是走入了家裡養很多寵物卻忽略清潔所發出的嚴重異臭，讓兩人都不自覺地憋起了氣，盡可能減緩大量的惡臭撲鼻作嘔。

一開始曉潔也以為徐奶奶家裡有養什麼寵物，看了一下四周環境，卻發現並沒有任何養寵物的跡象。

徐奶奶讓兩人在客廳坐下來之後，獨自走入廚房，似乎打算為兩位泡杯茶。

曉潔看徐奶奶好像有點行動不便，走起路來有點一拐一拐的，心想大概平常都是靠徐馨在整理家裡，這幾天因為生病了，所以沒辦法整理，才會有這樣的異味吧？

想到這裡，曉潔不免同情起徐奶奶跟徐馨。

在發生那樣的悲劇之後，徐馨的爸爸因為過失殺人而入獄，想必這樣的生活對兩人來說，都有著相當的困難吧？

雖然過去徐馨總是靜靜的，不會主動與人互動，所以也沒有什麼比較要好的朋友，但是不知道為什麼，曉潔突然覺得自己去年沒有好好跟她成為好朋友，好像很可惜。

或許，這一次等她身體康復之後，自己可以多跟她聊聊。

……不對。

曉潔突然覺得奇怪，推翻了自己剛剛的想法。

雖然曉潔一度以為這股惡臭是因為這幾天徐馨生病，奶奶行動又不方便，疏於整理家務才造成的結果，不過看了一下四周的環境，整體來說還算是整潔，實在看不出有任何可以產生惡臭的跡象。

那麼……這股味道到底是哪裡來的呢？

曉潔說什麼都難以理解，便轉向阿吉希望他可以給自己一個答案，想不到一轉過頭去，就看到了阿吉臉上的表情。

只見阿吉用手捏著鼻子，一臉厭惡的表情，彷彿默劇裡的演員，竭盡所能地用肢體動作表現出周遭環境有多麼臭一樣。

阿吉臉上那毫不掩飾的表情，比瀰漫在空氣中的這股惡臭還要臭上幾百倍。

這也太不禮貌了吧！

雖然阿吉曾經交代過，出了學校就不准叫他老師，不過他終究還是個老師，為人師表的人這麼做可以嗎？

曉潔用腳踢了一下阿吉，阿吉仍然臭著一張臉，捏著鼻子看了曉潔一眼，曉潔立刻用手示意，要他把手放下，阿吉用力地搖搖頭。

正當曉潔打算過去把阿吉的手拉下來時，徐奶奶剛好從廚房出來，讓曉潔舉到一半的手又收了回來。

只見徐奶奶小心翼翼地端著盤子，一拐一拐地走回到兩人面前。

「歹勢喔，」徐奶奶低著頭將兩杯茶放到了兩人面前：「沒什麼可以招待你們的，只有兩杯茶，希望你們不要介意。」

「哪裡，真是不好意思，」曉潔立刻拿起其中一杯茶說：「在這個時候打擾您。」

曉潔白了阿吉一眼，只見阿吉仍然用手捏著鼻子，還用一種非常不屑的眼光，看著擺在他面前的那杯茶。

不管曉潔如何打 pass，阿吉死都不理曉潔，更不願意拿起那杯茶。

曉潔心一橫，心想現在就不管他多麼失禮了，只要熬到離開，自己肯定會好好讓阿吉知道他現在的行為有多麼不禮貌。

曉潔將茶拿到面前，聞了聞這杯茶的茶香。

雖然就四周的氣味來說，曉潔實在不敢期待這杯茶的味道，但是一聞之下卻發現這茶有種特別的香氣，似乎可以壓過這難受的氣味。

這對現在曉潔來說可是非常好的招待，畢竟她不像阿吉一樣，那麼不管徐奶奶的感受，大剌剌地揑著鼻子用嘴巴呼吸，只敢稍微憋著氣，可是終究還是得換氣，不時就會聞到房子裡面的味道，讓自己的胃都被這股味道攪到翻滾了起來，喉嚨也感覺到一股熱流，好像隨時都準備讓胃裡面的東西通過一樣。

現在有了這杯茶，至少可以壓過房子裡面這股難受的異味，還能稍微舒緩一下喉嚨與胃的不適。

曉潔正準備好好喝上一口，誰知道杯子拿到口邊，拿杯子的手突然被人抓住。拿到口邊的熱茶，也因為這突如其來的動作，潑灑了一點出來。

曉潔立刻反射性地向後一縮，才躲過這些潑出來的茶湯。

「你搞……」

曉潔正打算好好質問那個抓住她手的主人阿吉時，定睛一看，乖乖不得了，只見阿吉的一隻腳，就這樣踩在徐奶奶的臉上。

徐奶奶為了將盤子放在比較低的茶几上，因此以蹲跪的姿勢蹲在茶几旁，加上徐奶奶有點駝背，身高本來就不高，以至於阿吉站起來只稍微抬起腳，就可以踩在徐奶奶的臉上。

這畫面太讓人震驚，以至於曉潔一看之下，竟然張大了嘴，毫無半點反應。

「……臭死了，」阿吉一臉不悅地說：「老妖怪，妳自己說，這種茶可以喝嗎？」

聽到阿吉這麼說，原本愣在一旁的曉潔，才終於回過神來。

「老……！阿吉！」曉潔又驚又怒，差點就脫口叫出老師：「你在幹什麼！」

只見阿吉一腳仍舊踩在徐奶奶的臉上，完全不理會一旁曉潔的抗議。

「妳真以為妳裝成這樣就可以騙過我們了嗎？」阿吉沉著臉繼續質問著徐奶奶。

「你瘋了嗎？」曉潔激動地尖叫道。

「你……為什麼要這樣對待我一個老人家？」阿吉腳底下的徐奶奶幽幽地問。

聽到老奶奶這麼說，即便踩著她的不是自己，但終究還是跟自己一起來的人，光是這點就讓曉潔慚愧到抬不起頭，差點跪在地上跟徐奶奶賠罪了。

豈料一旁的阿吉瞪大了雙眼，原本不悅的表情頓時轉變成為憤怒，咬著牙將腳稍微一縮之後，用足了力道狠狠地踹下去。

阿吉的腳一用力，徐奶奶的老弱殘軀，怎麼可能承受得起，整個被阿吉踹到翻倒在地上，還向後滑了一小段距離。

「奶奶的，」阿吉扭著脖子說道：「我最受不了人家給我裝死了。」

「老師！」驚訝之情全寫在臉上的曉潔，這時也激動到忘了阿吉的交代，站起來瞪大雙眼斥道：「你在幹嘛！」

阿吉冷冷地轉過來對曉潔說：「我說過，在外面我就是阿吉。」

說完之後，阿吉頭也不回地朝著廚房而去，丟下驚訝萬分的曉潔，與被踹倒在地上的徐奶奶兩人。

徐奶奶摀著臉，彷彿在哭泣，不停重複著那句話。

「為什麼要這樣對待我一個老人家呢？」

曉潔覺得抱歉萬分，立刻跑去想要攙扶徐奶奶，一邊道歉一邊安慰地說：「真是非常對不起，他一離開學校整個大腦就怪怪的，徐奶奶妳沒事吧？真的很對不起……啊！」

曉潔道歉到一半，突然眼前掃過一陣風沙，不只有老奶奶全身都被這陣風沙掃到，就連曉潔身上也留下許多白色的沙礫。

曉潔一臉訝異，撚起了白色的沙礫在指尖搓兩下，觸感和外觀像極了一樣熟悉的物品。

鹽巴？

曉潔一臉狐疑，不明白為什麼會突然有鹽巴撒在自己跟徐奶奶身上。

一回過頭，就看到阿吉沉著臉，一手還拿著一支米酒瓶，看樣子剛剛兩人身上的鹽巴，就是阿吉撒的。

這是什麼情況？

雖然不知道阿吉為什麼這麼做，不過有鑑於剛剛阿吉一連串對老奶奶粗暴的舉動，讓曉潔說什麼也不會再讓阿吉繼續無禮對待一個老人家。

「你又想對一個無辜的老奶奶幹嘛！」

曉潔站起身來，擋在阿吉與徐奶奶之間，身子一橫雙手一張，作勢要保護徐奶奶。

可是曉潔才剛站穩，定睛一看，只見阿吉一句話也沒說，仰起頭大口灌著手上的米酒，然後頭一低，整張嘴鼓得好大，不用說曉潔也知道阿吉想要幹嘛。

如果阿吉再一次對徐奶奶撒鹽巴，甚至揮拳動腳，曉潔都會毫不猶豫幫徐奶奶擋住這些攻擊，偏偏阿吉來這招，讓曉潔下意識怕被他吐出來的東西噴到，整個人反射性一蹲，與此同時，阿吉鼓足了氣，用力一噴，滿口的米酒全部噴了出來，噴得徐奶奶全身上下都是米酒。

本來想要保護徐奶奶的曉潔，反而在這時成了幫阿吉助攻的好幫手，先擋住了徐奶奶的視線，然後蹲下讓阿吉可以完美地噴到徐奶奶。

米酒一噴到徐奶奶的身上，被撒了一身的鹽巴立刻和米酒混在一起，竟然冒出了白煙。

「嗚嗚啊啊！」徐奶奶立刻哀號了出來。

想不到鹽巴跟米酒作用竟然會冒出白煙，讓原本要保護徐奶奶的曉潔看傻了眼。

然而阿吉並沒有因為曉潔的傻眼而停手，推開了擋在中間的曉潔，阿吉頭一仰，再灌一口米酒之後，又是一噴。

這一次，沒有曉潔擋住視線，徐奶奶清楚地看到了阿吉的動作。

阿吉一噴，徐奶奶立刻跳起來。

這一跳竟然跳到了天花板，並且整個人就好像牆上的蜘蛛般，攀在天花板上沒有掉下來。

阿吉見狀，立刻又灌入一口米酒，正準備再噴，只見徐奶奶爬著天花板，立刻朝另外一個房間逃去。

阿吉追上去，可是一進房間，已經不見徐奶奶的蹤影。

阿吉無奈地吞下那口米酒，走出房間，看到曉潔此時還愣在原地。

「看到沒？」阿吉比了比後面的房間說：「妳那個無辜的老奶奶，竟然會像蜘蛛人一樣攀牆走壁，身手比我們都還要矯健。」

「這……」曉潔瞪大眼問：「這到底是怎麼回事？」

「妳還不懂嗎？」阿吉臉上又出現那種彷彿曉潔問了一個蠢問題的表情，比了比四周說：「這股味道，不是因為太久沒有打掃房子，而是屍臭味。」

一聽到阿吉這麼說，曉潔這時也顧不得有沒有禮貌，整個用手摀住了自己的口鼻。

「剛剛那個徐奶奶，」阿吉沉著臉說：「早就已經死了，那屍臭味就是她發出來的。」

「你確定嗎？」曉潔因為摀住口鼻，聲音聽起來有點模糊：「徐奶奶看起來還活蹦亂跳的。」

阿吉白了曉潔一眼，然後搖搖頭說：「其實打從一開始我就覺得事情不單純了，在學校接到她奶奶電話的時候，一連三天都讓我感覺到頭暈，就知道這傢伙肯定有問題。」

這個問題從在車上聽到阿吉這麼說之後，曉潔就一直很不解，為什麼接個電話頭暈就表示有問題。

「啊？」曉潔一臉狐疑地問：「頭暈是你自己身體的問題吧？這算什麼根據啊？」

「不懂別亂說，」阿吉無奈地說：「即便是透過電話，也算是一種耳語，這種就是我們俗稱的魅語。所謂的魅語就是一般鬼魂用來迷惑生人時，所說的話語。如果是一般人，聽到這些鬼魂所說的魅語，輕則信以為真，重則被鬼魂控制，失去自主能力。不過對我們這些修法的道士來說，大概就只是頭暈一下。只有一通電話也就算了，三通都讓我頭暈，光是這一點，就已經讓我懷疑徐奶奶是不是真的還活著。」

對於鬼魂這類的東西，至少阿吉至今為止所說的，真的沒有錯過，因此曉潔也不好辯駁什麼，只能似懂非懂地點著頭。

「啊，」彷彿突然想到什麼，曉潔叫了出來：「那徐馨呢？她沒事嗎？」

被曉潔這麼一說，阿吉也沉下了臉，聳了聳肩，並且用下巴比了比其中一扇緊閉的門，示意去看看。

曉潔轉向那扇門走了過去，才剛伸出手想要握住門把就被阿吉叫住。

「等等。」

阿吉揮了揮手，要曉潔退開。

曉潔向後退了一步之後，阿吉上前走到了門前。

「或許，我們遲來了一步。」阿吉低頭說著，然後用手握住了門把，將門打開。

門打開之後，映入兩人眼簾的，是一個簡單卻清楚的女子閨房。

布置簡單的房間裡，除了書桌與書櫃等家具之外，最顯眼的就是擺在中央靠牆的單人床。

床上，徐馨緊閉著雙眼平躺著，就好像睡著或者死去了一般。

兩人一前一後步入房間之中，房間裡面雖然不像客廳那樣瀰漫著一股惡臭，但是卻有另外一種讓人難以忍受的甜膩味道，感覺簡直就像是有人打翻了滿滿一缸的香水。

曉潔想起過去不知道聽什麼人說過，香水其實就是一種劇烈氣味的稀釋，本身也是一種異味，理論上來說也可以算是一種惡臭，曉潔一直不懂為什麼臭味被稀釋會變成香水，一直到踏入這房間，聞到那濃郁到讓人作嘔的香水味，才真正明白那些話的道理。

兩人來到徐馨的床邊，互看了一眼，阿吉用手比了比示意要曉潔去探一下徐馨。

曉潔伸出手，先是有點猶豫，然後搖了搖躺在床上的徐馨。

與此同時，阿吉的目光轉移到床頭櫃旁邊擺著的一個湯碗。

阿吉拿起了湯碗，將它移到鼻下一聞，立刻皺著眉頭把碗拿開。

看樣子這房間所瀰漫的這股味道，正如阿吉所料，是由這個湯碗所造成的。

曉潔搖了一會，徐馨渾然沒有半點反應，讓曉潔不免擔憂了起來，將手指伸到徐馨的鼻下探了探，雖然有點微弱，但是仍然有呼吸。

探到了徐馨的鼻息，讓曉潔稍微安心了一點。

「徐馨，」曉潔索性兩隻手抓住徐馨的肩膀，叫著徐馨的名字：「醒醒啊，徐馨。」

終於在曉潔的呼喚之下，徐馨有了一點反應。

徐馨先是皺了皺眉頭，然後眼皮微顫了一會，緩緩地張開雙眼。

沒有任何睡眼惺忪的模樣，徐馨張開雙眼先是愣了一會之後，才緩緩聚焦在床邊的人身上。

「曉潔，妳怎麼會……」徐馨一臉疑惑。

曉潔一時之間也不知道該怎麼回答，看了阿吉一眼，瞬間才想到，或許對徐馨來說，自己是她在這個房間之中最熟悉的人。

「妳已經三天沒來學校了，」曉潔沉著臉說：「我們很擔心，所以才來看看妳。」

聽到曉潔這麼說，徐馨皺了皺眉頭，然後過了一會才喃喃地說道：「我已經三天沒去學校了？」

徐馨這麼說，讓曉潔與阿吉兩人只能面面相覷。

「所以妳對這三天沒有印象嗎？」曉潔問。

徐馨皺著眉頭想了一會，然後緩緩地搖搖頭說：「我只是睡一覺起來，就看到妳在這邊……我不知道我三天沒去學校了。」

看來徐馨的確對自己三天沒去學校的事情沒有半點印象，不過擺在眼前的事實是，徐馨昏迷了三天，而在這期間，她的奶奶很可能已經過世了，但是這到底該怎麼告訴徐馨呢？

曉潔心中實在很為難，因為她知道徐馨有一段悲慘的過去，實在不希望她又再次遇上類似的狀況，所以一時之間真不知道該怎麼跟徐馨解釋現在的情況。

「好吧，」原本一直站在旁邊默不吭聲的阿吉，突然開口說道：「告訴妳現在的情況，妳越早了解，或許對妳的幫助越大，因為那傢伙不會就這樣放棄。」

曉潔知道阿吉這裡所說的那傢伙，指的是剛剛爬牆逃走的徐奶奶，可是對徐馨來說，根本不可能聽懂阿吉說的意思。

所以阿吉這段話，雖然是對徐馨說的，但是最後那一句，很明顯是說給曉潔聽的。

這也意味著，阿吉不想拐彎抹角，打算用單刀直入的方式，讓徐馨了解到血淋淋的事實。這是個讓人心痛的決定，但是正如阿吉所說的，那傢伙如果不會這樣放棄，那麼趁早讓徐馨知道，或許真的會比較好吧。

「那麼先自我介紹一下，」阿吉對徐馨說：「我叫阿吉，是妳們導師洪老師的弟弟，今天就是應我哥哥的請託，跟曉潔一起來探訪妳，因為妳已經三天都沒有到學校了……」

就這樣，阿吉用一個謊言當成了開場白，接著卻是血淋淋的事實，又或者可以說是讓人難以置信的事實。

當阿吉開頭就告訴徐馨，她奶奶已經死了的時候，曉潔心痛到感覺都可以聽到自己的心臟宛如玻璃般破碎的聲音。

但徐馨卻是抿著嘴，堅強地仔細聽下去。

或許，她根本不相信阿吉所說的話吧。

畢竟，當阿吉說越早了解幫助越大的時候，指的不只有奶奶已經去世這種大家都可以輕易理解的事情，而是連同殺害她奶奶的，並不是一般活在人世間的人類這種難以理解的事情，也毫不保留地全部告訴了徐馨。

阿吉盡可能簡單明瞭地告訴徐馨，殺害她奶奶的是類似鬼魂之類的東西，而且它的下一個目標，正是徐馨。

徐馨聽完之後，沉默不語地低著頭。

「我知道……事情可能很難想像，」阿吉沉著臉說：「但是請妳相信我。」

曉潔也想開口緩頰幾句，卻想不到徐馨反而抬起頭來，給了曉潔一個意料之外的回覆。

「嗯，我相信你。」徐馨臉上浮現出憂鬱的表情說：「只是，我很捨不得奶奶，她對我很好，不該有這樣的結局。」

「啊？」這下反而換成曉潔驚訝了：「妳真的相信他？」

阿吉白了曉潔一眼。

「嗯，」徐馨點了點頭說：「因為……雖然我不知道我昏睡了多久，但是我作了一個好長好長的夢，我一直夢到……。」

徐馨停頓了一會，眼眶浮現出淚水，略帶哽咽地說：「我夢到奶奶在旁邊叫我，希望可以把我叫醒。可是我卻一直賴床，不肯起來，那種感覺好奇怪，不過我就是醒不來。」

「因為……妳被灌了類似安眠藥的東西。」阿吉用下巴比了比床頭櫃上面的那個湯碗。

「所以，」徐馨抿著嘴看著阿吉說：「當你跟我說奶奶已經去世了，我就在想，原來奶奶已經死掉了，卻還是在我身邊，想要保護我。」

說到這裡，徐馨原本在眼眶打轉的淚水，終於再也忍不住，奪眶而出。

對當年已經目睹自己的雙親，因為爭吵而鑄下大錯的徐馨來說，已經被迫要成長，面對這些血淋淋的事情。

而現在又再一次，她得被迫面對命運的不仁慈。

但是徐馨卻沒有嚎啕大哭，大聲質問命運的安排，她只是默默掉淚，為自己的奶奶傷心，這讓曉潔看到徐馨堅強的模樣，卻也讓曉潔內心有更多的不捨。

現在曉潔才明白什麼叫做心如刀割。

曉潔拍著徐馨的背，想要安慰徐馨，卻也止不住自己的淚水。

到頭來反而是徐馨先止住了淚水，並且反過來安慰曉潔，看到這樣的徐馨，曉潔更是受不了，嚎啕大哭了起來。

「現在是怎樣？」阿吉冷冷地說：「妳是在搶戲嗎？人家徐馨都沒妳哭得那麼慘，妳是想要公親變事主嗎？」

曉潔聽了雖然仍然扁著嘴哭泣，但是一對紅眼睛，卻惡狠狠地瞪了阿吉一眼。

不過被阿吉這麼一說之後，曉潔也慢慢冷靜下來。

就是這樣的真性情、直腸子，讓曉潔在學校的人緣一直不差，這點徐馨非常清楚，這也是她被選為班長最主要的原因之一。

「那現在呢？」曉潔用一對哭紅的雙眼問阿吉。

「這裡暫時不能待了，」阿吉對徐馨說：「妳先收拾一下東西，一些輕便可以換洗的衣物就可以了。」

徐馨對阿吉可以說是言聽計從，點了點頭之後便拿出包包，開始準備打包一些行李。

阿吉與曉潔兩人稍微退出房外，讓徐馨方便整理。

「所以，」房門外，曉潔輕聲地問：「現在暫時算沒事了嗎？」

「目前來說，」阿吉答道：「她暫時沒事了，不過可能還需要觀察一下。」

「觀察什麼？」

就在曉潔這麼問的同時，房間裡面傳來了砰咚的一聲，兩人進房間一看，只見徐馨倒在地上，動也不動。

「她會不會暈過去……」阿吉沉著臉，回答了曉潔剛剛的問題。

第2章

1

情況在徐馨暈倒之後，變得有點緊急，阿吉抱著徐馨，原本還以為他要將徐馨送到醫院，想不到紅色跑車卻開回了那間熟悉的廟宇。

這裡，就是上禮拜洪老師發現曉潔不對勁，要她來找阿吉的廟宇，也正是阿吉的住所。

而阿吉，不，應該說洪老師的另外一個身分，雖然他不承認，但在曉潔的認知中，根本就是個道士，而且還是真的會驅鬼的道士。

即便曉潔還是很難以置信，這樣的阿吉竟然是有真材實料的，不過上禮拜他確實救了自己一命，那也是不可否認的事實。

車子一停好，阿吉便急急忙忙地抱著徐馨朝樓上跑。

曉潔完全在狀況外，她不了解為什麼前一秒明明看起來還好好的徐馨會突然暈過去。

阿吉抱著徐馨跑上了三樓，曉潔緊緊跟在後面，而就在這個時候，曉潔才發現這棟方形廟宇的三樓，竟然只有其中一側有扇大門，而且還是距離樓梯最遠的一側。

難怪她上禮拜到這裡的時候，怎麼找都找不到門，因為門所在的一側，正好是她唯一沒有去看的那一側。

但就算現在知道了，曉潔還是覺得這棟建築物的格局非常奇怪。

阿吉將徐馨抱到其中一個房間，並且將她安置在床上，緊接著對隔壁的房間喊道：「何嬤！快幫我通知陳伯。」

一位老婦人走了進來，先是看了阿吉一眼，然後看到了床上的徐馨之後，轉身回到自己的房間裡面。

這時曉潔才注意到，徐馨的臉上似乎蒙著一層灰，乍看之下，還以為是途中弄髒了臉，不過仔細一看才發現那是一層黑氣，彷彿附著在徐馨臉上般，緩慢地游移著。

「不是說她沒事了嗎？」曉潔皺著眉頭，一臉擔憂地問阿吉。

「暫時沒事，」阿吉搖搖頭說：「不過還需要看情況而定。」

「看情況？」

「嗯，」阿吉沉著臉說：「要看能不能解開她身上的藥毒。」

「藥毒？」曉潔越聽越迷惑：「所以徐馨是被人下毒了？就是床頭的那個湯碗？你不是說那是類似安眠藥的東西嗎？怎麼會變成毒咧？」

「那只是為了讓徐馨好懂一點才簡化說明的，」阿吉摸著額頭說：「事實上是複雜很多的東西，來。」

阿吉對曉潔招了招手，要曉潔靠近一點。

徐馨臉上仍舊蒙著一層黑氣，讓整個人看起來氣色非常之糟。

「妳自己看看。」

阿吉用手輕輕地翻開徐馨緊閉的眼皮，曉潔靠過去一看，不禁倒抽一口氣。

只見原本應該是圓形的瞳仁，也就是眼睛裡面最清楚的黑眼珠，此刻邊邊好像融化了一般，整個散開來，沒有一整個完整圓形輪廓，看起來比較像是被渲染在一片眼白之中的墨汁，一點也不像原本應該呈現圓形的黑眼珠。

「還有，」阿吉抓著徐馨的手問道：「妳會把脈嗎？摸得到脈搏嗎？」

曉潔點了點頭，國中的時候有個老師教過大家怎麼摸到脈搏，所以雖然不像中醫那樣擅長，至少還摸得到脈搏。

阿吉示意要曉潔摸摸徐馨的脈搏。

曉潔接過徐馨的手，在手腕內側找到了血管，然後將手指搭在上面。

曉潔一摸，就被徐馨的脈象給嚇了一跳。

一開始摸到的時候，還以為自己沒有摸準，因為等了一會，都沒有半點反應，正想要再移動手指找找的時候，曉潔突然感受到從指腹傳來的一個強烈鼓動，接著竟然是一連串極快的脈動，之後又莫名地停頓了差不多五秒，才又是一波強烈的脈動。

雖然不是專業的醫生，但是怎麼樣都跟自己所認知的脈動完全不一樣。

「瞳仁散、氣紊亂，」阿吉在旁邊說：「這是服用了妖魔常用的迷魂藥最明顯的特徵。

除此之外，妳還記得當時徐馨房間裡的那股味道嗎？」

曉潔點了點頭。

「那也是迷魂藥的特色，」阿吉皺著眉頭說：「會發出像那樣的異味，感覺就好像過期或者是過濃的香水一樣。」

「妖魔？」曉潔側著頭，對剛剛阿吉話中的一個名詞有點不解地問：「跟鬼魂不一樣嗎？」

阿吉沉吟了一會之後，點了點頭。

「嗯，」阿吉解釋道：「人死後成魂謂之靈，牲畜死後成魂謂之妖，而不曾以任何形態生存於人世間者謂之魔，這就是我們這一派所稱的三態。」

比起國文課，此刻講解中的阿吉還更有老師的樣子，而曉潔也專注地聽著。

阿吉沉著臉繼續說：「妳應該已經知道，在這個人世間活動的，不只有我們這些活人而已吧。」

曉潔毫不猶豫地點了點頭，畢竟這是她上禮拜才剛親身經歷過的。

「那妳知道，」阿吉凝視了曉潔一會之後問：「我們這間廟供奉的主神是什麼嗎？」

雖然沒有任何宗教信仰的曉潔，對神佛其實並不是那麼了解，但上次來到這裡，看到正殿裡的那尊神像，曉潔心中就已經有了答案。

正殿裡的神尊，一手舞劍，一手執扇子，腳下踩著一隻惡鬼，雙目圓睜，滿臉虬髯，不但威武嚴肅，更有種讓人敬畏的氣氛。

即便曉潔不認識多少神尊，甚至可能連各大知名廟宇裡面供奉的神明都不清楚，但是看著正殿中威風神武的神尊，心中自然浮現了一個家喻戶曉的名字。

「鍾馗，」曉潔正色回答：「對吧？」

「正是。」阿吉點頭說：「我們這一派，就是由鍾馗祖師一脈傳承下來的。我們鍾馗派，將這些生存在人世間的妖魔鬼怪分成三門，每門底下有十二類，總共三十六類，而每一類底下都有三態，所以總數是一百零八種不同的靈體。三門分別為天、地、人，而三態分別為靈、妖、魔，至於十二類之中，又分成低、中、高階，低階的有縛、魅、屍、惑，中階的有餓、怨、狂、喪，然後是高階的凶、煞、滅、逆。因此每個靈體的名稱，就是由門、類、態所組成。懂嗎？」

原本還以為這對曉潔來說，要理解可能需要一點時間，想不到曉潔很快地點了點頭說：「所以以地縛靈為例，就是地門、縛類、靈態，是這樣嗎？」

聽到曉潔這麼說，反而是阿吉一臉驚訝地瞪著曉潔。

「你剛剛說的三態我已經知道了，」曉潔側著頭問：「那三門的天、地、人又是什麼？」

「天地人很簡單，」阿吉回答：「鬼魂多半都需要宿體，跟著人的就是人，跟著地方的就是地，不屬於人也不屬於地的，例如寄身在物品上面的，就屬於天。」

「嗯，」曉潔點了點頭說：「這個還算好懂，那麼類呢？」

「類主要關係到的就是一個鬼魂的力量，」阿吉說：「就好像妳以前在很多故事中聽到的，什麼修行多少年的妖怪一樣，它們都有著不同的類型能力，也因此有分高低階，當然，越高階的妖魔鬼怪，法力就越強，自然也就越難對付。」

「那徐馨遇到的是哪一類？」

曉潔這麼問的同時，也由衷祈禱著千萬不要是什麼難以對付的妖魔鬼怪。

「應該是魅。」阿吉沉吟了一會之後，淡淡地說：「魅之食其魂、竊其身。這類妖魔鬼怪最常用迷魂藥來迷昏人。以人魂為食，竊人身為居，是它們最明顯的特徵。」

聽到之後，雖然比較安心點，畢竟魅就剛剛阿吉所說的分類之中，是屬於低階的類別，可是不管怎麼說，在還沒有真正脫離險境之前，安心都還太早了。

「迷魂藥到底是什麼東西？徐馨就是因為服用這個才會昏迷嗎？」

「沒人知道迷魂藥到底是怎麼來的，」阿吉聳了聳肩之後說：「不過它是一種妖魔普遍使用的藥物。一般來說，迷魂藥共分五帖，五帖全部服完，人也就差不多完了。最後最有可能的情況，就是像徐奶奶那樣，被妖魔附身，不然就是成為妖魔的儲糧，總之下場都不太好。雖然說，只要還沒服完五帖就還來得及。不過，一旦服用超過三帖，不繼續服用接下來的兩帖，人也沒辦法活下來，這也算是妖魔控制對象的一種方法。」

「那徐馨的情況……？」

「唉，」阿吉搖搖頭說：「她已經至少服了三帖，現在也算是命在旦夕。」

「那你還說她沒事？」曉潔急道：「要趕快把她送醫啊！」

「然後咧？」阿吉攤開雙手說：「妳打算跟醫生說什麼？我同學被鬼迷了，快點救救她嗎？」

「不然現在該怎麼辦？」

「我已經請何嬤去找陳伯了。」阿吉說：「陳伯是道上最有名的一號人物，有醫生背景的他，在因緣際會之下，成為了北派的弟子，在身為道士的能力上，雖然不值得一提，但是在他的研究之下，有很多我們以前束手無策的問題，現在都已經沒有那麼難解了。他可以說是我們道上最有名的醫生，當年就連我師父受了傷，也是請陳伯醫治的。」

阿吉停頓了一下，然後搖搖頭說：「如果不了解，根本不知道該怎麼救治，帶徐馨去一般醫院，不但害了徐馨，就連那些負責救治她的醫生，也會跟著被牽連。沒救回來得受到良心的譴責，救回來說不定還會得罪鬼魂，所以找陳伯是最好的選擇了。」

就在阿吉將陳伯的事情告訴曉潔的時候，外面傳來了有點急促的腳步聲。

阿吉趕緊走出門外，曉潔見狀也跟了過去，與阿吉一起站在房門口。

只見走廊不遠處，何嬤跟著一個黑白髮絲相間的灰髮男子，快步走了過來。

「說曹操，曹操就到。」阿吉用下巴比了比那個灰髮男子說。

陳伯看起來約莫五十多歲，感覺就像是一個很普通、上了年紀的老人家，不修邊幅的外表，搭配身上的那件 POLO 杉，好像隨時都可以上場推個幾桿的高爾夫，給曉潔一種不倫不類的感覺。

「接到何嬤的電話，」陳伯看到阿吉，立刻笑著用略帶沙啞的聲音說：「還真是讓我嚇了一跳，我還以為我有生之年都沒機會再來么洞八廟服務了。」

「陳伯，」難得一見正經八百的阿吉，突然向陳伯鞠躬說：「拜託你了。」

陳伯揮了揮手，彷彿在說不用客氣。

原本似乎想要直接進房去的陳伯，走到了阿吉身旁，突然搔了搔自己的腦袋，然後用食指比了比阿吉說：「你不是……不願意當道士，跑去當什麼高中老師了？怎麼還會惹上這些麻煩？」

聽到陳伯這麼說，阿吉突然咳了一聲，然後眼光不自覺地飄到了曉潔身上，面帶點尷尬小聲地說：「裡面的……是我的學生。」

「喔，」陳伯點了點頭說：「什麼情況？」

「迷魂藥。」

「幾帖？」

「超過三帖了。」

說到這點，阿吉臉上原本還有點尷尬的神情，立刻沉了下來，沉重的心情完全寫在臉上，而陳伯也都看在眼裡。

「哈哈哈，」陳伯豪爽地笑著說：「想不到你還真的變成了一個好老師嘛！竟然會為了學生操心。」

聽到陳伯這麼說，阿吉臉上原本消失的尷尬神情，又變本加厲地浮現出來。

一旁的曉潔白了阿吉一眼，並且在心中大聲叫道：「根本就不是這麼一回事！」

「何嬤，」陳伯轉過頭對何嬤說道：「道長生前的材料都還在嗎？」

「在。」

「嗯，」陳伯點了點頭說：「那麼需要哪些材料妳應該最清楚了，材料就麻煩妳了。」

「好。」何嬤點了點頭。

「那麼先讓我看看病人的情況吧。」

阿吉比了比旁邊徐馨休息的房間，等到陳伯進去之後，阿吉轉過身，正色對曉潔說：「妳先到二樓去，等等要看情況，可能不是很好處理，妳在這邊不是很方便。」

曉潔不曾看到阿吉這麼嚴肅的模樣，只能點點頭說：「好。」

阿吉交代完之後，轉身跟著陳伯一起進去屋內。

曉潔照著阿吉交代的話，走下二樓，這時曉潔才想到，自己上次逃到這裡來的時候，不管在二樓還是三樓，她都找不到門。

不過剛剛她已經知道了，其實三樓是有門的，那麼二樓呢？

看著當時找不到門的二樓，曉潔心想該不會二樓也跟三樓一樣，就只有一扇門在最遠的那一側吧？

曉潔為了證實這個想法，繞了半層樓來到了二樓的另外一側，果然看到了一扇開啟的門，門上還掛著一個匾額。

——「呂偉道長生命紀念館」。

這是什麼東西？

看著匾額上的字體，讓曉潔心中有種肅然起敬的感覺。

生命紀念館，顧名思義就是為了追憶某個往生的人。

只是對於呂偉這個名字，曉潔沒有半點印象，可是說來有點詭異，不知道為什麼，曉潔心中卻有種懷念的感覺。

大開的門中，光線從裡面投射出來，可以看得到裡面有許多玻璃櫥窗與照片在牆上，想來放的都是這位呂偉道長生前所用或者留下的東西吧？

就這樣，曉潔愣愣地看著門內，不知道過了多久，一個熟悉的聲音在旁邊響起，曉潔才回過神來。

「妳是阿吉少爺的學生吧？」

曉潔轉過身，說話的正是剛剛負責通知陳伯的何嬤。

「我是何嬤，」何嬤向曉潔點了點頭說：「是住在這間廟裡面的工作人員。」

「少爺……？」曉潔歪著嘴，腦袋還停留在剛剛何嬤對阿吉的稱呼。

那傢伙算哪門子少爺啊？好色少爺？下流公子哥？

曉潔腦海裡面浮現出很多很糟糕的名詞。

「實在好難想像喔，」何嬤笑著說：「想不到少爺真的會去學校當老師，這對少爺來說，真的是夢想成真，不知道少爺在學校是什麼樣子。」

絕對跟你們想像的完全不一樣！

曉潔在心中吶喊。

不過她可沒那個勇氣去破壞陳伯與何嬤兩個老人家對「他們家阿吉」的想像，只能暗自在心中想著，為什麼只有學生有家長會，身為老師的也應該三不五時或每隔幾年來一場家長會，讓這些當老師的家長們也有機會知道，自己的小孩在學校是什麼模樣……

不過才剛這麼想，曉潔立刻搖了搖頭。

這招對阿吉這傢伙沒效，畢竟他可是連督學到場都可以立刻大變身的裝蒜王。

回過神來，曉潔發現此刻的何嬤正仰著頭，看著那塊掛在門上的匾額。

「老爺跟少爺……」何嬤眼角忽然閃爍出些許淚光，聲音略帶點哽咽地說：「還真是一對奇妙的師徒啊。」

夜越來越沉，四周也越來越寧靜，在這一片寧靜之中，曉潔覺得自己好像依稀聽到了，何嬤此刻心中啜泣的聲音。

2

在何嬤的簡單解說之下，曉潔終於知道，原來這個生命紀念館所紀念的呂偉道長，是這間廟宇以前的主人，也是阿吉的師父，因此在他往生之後，廟宇由阿吉繼承，並且開了這間生命紀念館來紀念他的師父。

誰知道原本應該好好管理廟宇的阿吉，竟然丟下廟宇不管，跑去女子高中當老師，想必這樣的行為也給廟方工作人員帶來不少困擾吧？

曉潔這麼猜想著。

「平常這邊都要收門票的，」何嬤笑著說：「不過妳是少爺的學生，就讓我這個老人家帶妳參觀一下吧，反正我剛好也要收拾一下。」

「這樣打擾您怎麼好意思。」曉潔客氣地搖搖手說道。

「不打擾，」何嬤笑著說：「就當是陪陪我這個老人家吧。」

既然何嬤這麼說，曉潔也不好意思再拒絕，便跟著何嬤一起走進去。

房間裡面有許多的玻璃櫃，裡面擺滿了各式各樣的東西，就好像博物館一樣，只不過裡面展示的東西，是許多不同的法器與一些平常生活都用得到的東西。

「這裡以前是會客室，」何嬤解釋道：「老爺以前都是在這裡接待客人，後來他們才把這些東西都搬進來。後面是老爺的臥房。」

雖然老爺跟少爺對何嬤來說是再平常不過的稱呼，可是不管曉潔怎麼聽，都實在難以習慣這種彷彿只有古代才會出現的稱呼。

不過從生命紀念館裡面的擺設，可以看得出來阿吉的師父，也就是何嬤口中的老爺，過去似乎是個非常有名的人。

牆壁上掛著一張又一張的照片，裡面有不少曉潔知道的名人，而在這些照片之中，最顯眼的應該就是阿吉的師父，幾乎跟每一任的台灣總統都合照過。

不過當曉潔仔細一看，雙眼立刻翻成了白眼。

只見不管跟哪一任總統的合照，都會看到年輕的阿吉在照片的角落，一臉就像是不良少年的模樣，時而挖耳朵，時而露白眼，總之沒有一張的阿吉可以說是正經的。

看到曉潔盯著那些照片，何嬤在一旁有點驕傲地說：「不說妳可能不知道，老爺可是我們國家的國師喔。不管哪一任總統，都很重用老爺，另外也有很多政治人物遇到困難，都會來找老爺。」

看到何嬤的模樣，就知道她真的十足以這個老爺為榮。

可以想見的是，阿吉的師父說不定真的是個很偉大的人，不然在去世多年之後，不會還有那麼懷念他的工作人員。

不知不覺，就連曉潔都有點同情這位道長，怎麼會收了阿吉這樣的一個徒弟。

而在照片下面的玻璃櫃裡面，有一封書信被攤開來展示，曉潔稍微看了一下，似乎是一張手寫的感謝狀，內容大概是因為一零八道長的協助，自己才能宛如新生之類的感謝文。

「一零八道長？」曉潔不解地問何嬤。

「喔，」何嬤點了點頭說：「那是江湖上的人們尊稱老爺的一個稱號。」

何嬤見曉潔臉上仍然有著疑惑的表情，仔細向曉潔解釋。

在何嬤的解釋之下，再加上先前就聽過阿吉的解說，曉潔終於了解到，這位呂偉道長是個怎麼樣的大人物了。

在三樓門外等待著陳伯的時候，曉潔就已經從阿吉那邊得知，阿吉所屬的門派是以鍾馗為祖師爺，一脈傳承下來的門派。

據何嬤所說，雖然這個門派沒有個正式的名稱，但是道上的法師們還是稱呼這個門派為「鍾馗派」。

而在何嬤進一步的解釋之下，曉潔才知道，原來鍾馗派的所有抓鬼秘訣等等，身為道士最基本的功夫，竟然都是透過口耳相傳的方式繼承下來，也就是俗稱的「口訣」。

這是因為據傳當年鍾馗祖師爺有感於抓鬼伏魔乃替天行道之舉，若被人濫用，難免會違逆天道，有害蒼生，因此下過嚴格的指示，不能將這些口訣以任何一種形式記錄下來。

而正因為這個規矩，隨著年代越來越久遠，導致這些抓鬼伏魔的口訣不免有所缺漏。

畢竟透過口耳相傳這種形式所傳承下來的口訣，有非常多的因素會有誤傳的可能。

有些是因為缺乏實際上可以演練的機會，導致一些口訣在解讀上有所不同而產生了歧見。更有些因為幾個字音的混淆，而有了很大的不同。不過絕大多數都是因為傳承下來的弟子與師父之間，在口音、記憶等方面的個人因素之下，而產生出越來越多的缺漏。

也因為這些缺漏的關係，導致對口訣方面有越來越多的歧見，因而分裂成許多不同的門派，各擁其見。原本的鍾馗派在台灣分成了東、南、西、北四個不同的門派，雖然對於口訣與意見有相當大的歧見，但是四個門派之間，彼此是互相尊重，並且相互扶持的，甚至還保有類似組織之類的規範。

然而，這些缺漏的口訣除了導致門派一分為四之外，還有一個嚴重的影響，那就是抓鬼伏魔之法也跟著越來越困難。

過去，只要有完整的口訣，就可以降伏任何妖魔鬼怪，但是在口訣缺漏的情況之下，抓鬼伏魔的工作，變得更加危險與困難。

而隨著時代的流逝，口訣的缺漏、錯誤也越來越嚴重，想當然耳，鍾馗派的實力也越來越弱。

也因為這樣的緣故，鍾馗派的聲勢也越來越不如以往，甚至給很多道上的人有種「老兵不死，只是凋零」的感覺，即便身為鍾馗嫡傳的道士，卻在抓鬼伏魔的功夫上，不如其他江湖術士。

而正是在這樣的時代背景之下，一個重振鍾馗派的大道士出現了，這個道士不是別人，正是呂偉道長。

相傳阿吉的師父呂偉道長，是繼唐朝的驅魔帝君，也就是一般所認識的鍾馗祖師之後，唯一一個收過全部一百零八種鬼魂的法師。

聽到了何嬤娓娓道來關於一零八道長的故事，加上周圍都是呂偉道長曾經用過的遺物，讓曉潔也不自覺地為台灣失去了這麼一位法師而覺得哀傷。

而從何嬤所述的故事，更讓曉潔了解到阿吉的師父在道上有著相當的地位與聲望。因此即便呂偉道長已經往生多年，來這間生命紀念館緬懷呂偉道長的各路人馬，迄今仍然絡繹不絕。

而阿吉身為呂偉道長唯一的弟子，更是受到各方法師的尊敬，只是阿吉對法師這一行興趣缺缺，是以雖然繼承了這座廟，卻選擇去當女子高中的老師。

對於這點，何嬤遮著嘴笑著說：「對少爺來說，這也算是他夢想的實現，所以相信老爺在天之靈也不會怪他。」

「夢想？」曉潔單挑一眉疑惑地說。

畢竟曉潔實在很難想像，在學校總一副死樣子的老師，竟然會對老師這行業有憧憬或夢想。

但是何嬤卻只是笑著搖搖頭，沒有多加透露。

何嬤繼續為曉潔解釋，當初這間廟也是因為呂偉道長的關係，在道上非常有名，而與呂偉道長的一零八一樣，這間廟也被道上人士尊稱為么洞八廟。

至此，曉潔也算是了解了這間廟的來龍去脈，然而她真正不解的是，既然阿吉的夢想是當老師，又為何會成為這麼一個傳奇道長的弟子。

曉潔提出了心中的疑問，這時兩人也已經收拾好生命紀念館，何嬤將燈光關掉，兩人一起走出門口，何嬤將門上鎖之後，帶著曉潔來到了另外一側。

從兩人所站的這一側向下看，可以清楚看到走進大門後的廟前廣場，阿吉那輛熟悉的紅色跑車，就停在廣場的角落。

「少爺小的時候啊，」何嬤用手指著廣場笑著說：「就喜歡跟朋友來廟前的廣場玩，因為在那個時候，附近沒什麼公園，住在都市裡面的小朋友，根本就沒有地方可以玩，不像我們年輕的時候，沒有高樓大廈，空地很多。老爺也是這樣想，所以就讓他們在廟前面的廣場可以盡情地玩。」

何嬤眼光裡面很明顯流露出一股有如母親般的神情，彷彿二十多年前的景象，此刻正浮現在她的眼前。

「少爺的爸媽其實很不喜歡他來這邊，」這時何嬤眼神中流露出一點淘氣的神情說道：「因為他爸媽是信天主的，非常不喜歡少爺跑來這種廟玩，可是少爺調皮得很，每次都要他爸媽跑來廟前面抓人，才心不甘情不願地回去。也就是因為少爺的調皮，才會惹出那麼大的事情來。」

「喔？」一聽到小時候的阿吉惹了大事，曉潔眼睛都亮了。

「那一天，少爺一樣跟朋友一起來廟裡玩，」何嬤回憶道：「玩到天都黑了，朋友一個個回家，少爺說什麼也不肯回家，結果他爸媽又跑到廟前來找人，少爺怕被他爸媽找到，就爬到貨車後面躲起來。老爺不知道貨車後面有人，就這樣開車出去。」

還真是一個猴死嬰仔……

曉潔在心中這麼想著。

「結果這一次老爺之所以會開車出去，」何嬤皺著眉頭說：「是要去彰化送肉粽的。」

「送肉粽？」曉潔眉頭一皺說道：「那時候是端午節嗎？呂偉道長有兼職當送貨司機？」

聽到曉潔這麼說，何嬤笑了笑搖搖頭。

「不是，」何嬤正色道：「那是一個地方民俗的稱呼，是為了化解吊煞。」

「吊煞？」

「嗯，」何嬤說：「在中台灣的民俗信仰裡面，上吊的死者怨氣最重，這種怨氣就被稱為吊煞。相傳這樣的吊煞，會有抓交替的情況，所以一旦發現地方有人上吊身亡，就會請法師作法，將怨氣驅趕到海中，這樣的習俗就稱為送肉粽。」

聽到何嬤的解釋，曉潔瞪大了雙眼，難以想像事實跟自己心中的畫面是完全兩碼子事。

「這種事情非常忌諱，」何嬤皺著眉頭，一臉慎重地說：「當地的居民都知道，不能隨便看人家送肉粽。而且，一般來說老爺也不會去做這類法事，那一次會去，就是因為那一年要送的肉粽特別凶，一般法師送了三次都沒送成，實在沒有辦法，才特別請老爺出馬。」

雖然沒有親臨現場目睹這樣的情景，但是可想而知的是，躲在貨車後面的小阿吉，完全不知道自己會遇到什麼樣的危險，讓曉潔也不禁為那個小阿吉捏了一把冷汗。

何嬤繼續把當年發生的事情，告訴曉潔。

不知情的呂偉道長，就這樣開著車，一路下到彰化去做法事。

當時在聯絡的時候，呂偉道長便已經交代過鄉親，這場法事生人勿近，因此鄉親還特別搭了一個宛如戲棚般的舞台，讓呂偉道長可以在裡面做法事。

一到現場，呂偉道長立刻察覺到當地的怨氣之濃實屬少有。

為了安全起見，呂偉道長還特別交代清場，不但要大家不要靠近，還要在外面設立幾層哨站，以防不知情的民眾闖入，到時候不只民眾有危險，即便像呂偉道長這樣的法師，說不定也會自身難保。

鄉親們照著呂偉道長的吩咐，撤離所有人員，就連原本鄉親請來想要幫忙呂偉道長的助手，也通通都離開了戲棚數里。

整個戲棚方圓數里的範圍裡面，只有呂偉道長跟他開來停在旁邊的小貨車。

當然其中還有不為人知，偷偷躲在貨車後面的小阿吉。

法事便在這樣的情況之下展開了。

呂偉道長身為鍾馗派北派的翹楚，法力本身就不在話下，即便在這麼強烈的怨氣之下，還是不疾不徐地做起法事。

法事一開始還算順利，在呂偉道長的作法之下，當地聚集的孤魂野鬼們紛紛朝戲棚而來，而呂偉道長在台上就彷佛當家小生般，唱著獨角戲。

聚集而後送孤，這就是呂偉道長被請來做的法事。

當然，這種時候生人勿近是有其原因的，開壇後，當鬼魂聚集過來的這個時刻，所有鬼魂在法師的作法之下，會有點類似被催眠般，只能照著法師的引導行事，但是相對的，法師也必須極為集中，因為一閃神，甚至只是踏錯一個腳步，都可能會導致聚集的百鬼同時失控橫行，因而帶來無法挽回的悲劇。

而也正是在這樣的危險時刻，一顆小頭從棚外探了進來，那顆小頭的主人不是別人，正是小阿吉。

原本專注的眾鬼魂們，一看到小阿吉，全部都抓了狂，也讓台上的呂偉道長全亂了套。

只見聚集過來的鬼魂，瞬間醒轉過來，全部亂成一團。

而在這之中的呂偉道長跟小阿吉，也頓時成了所有鬼魂的目標。

呂偉道長原本還覺得莫名其妙，直到看見小阿吉才瞬間明白怎麼回事，但此刻鬼魂們已經亂成一團，一場暴動在所難免。

呂偉道長被鬼魂團團圍住，如果不是他修行多年，經驗老到，早就被鬼魂所傷。

而另外一邊的小阿吉，原本偷看時，還有點疑惑為什麼呂偉道長要在台上彷彿唱戲般的開壇作法，接著突然眼睛一癢，小阿吉用手揉了兩下眼，再度睜開眼睛時，立刻見到台下滿滿的鬼魂。

畢竟在呂偉道長的作法之下，此刻棚內的煞氣重到一般法師也難以承受，因此當這些鬼魂一亂，小阿吉自然被煞到，雙眼立刻開光。

小阿吉嚇到差點暈過去，頭一縮逃出了帳篷。

台上的呂偉道長見狀，知道小阿吉肯定劫數難逃，試圖要衝出去，但是卻被鬼魂們困住，一時之間根本動彈不得。

與此同時，棚內的鬼魂也開始朝棚外而去，很顯然就是要去追小阿吉。

呂偉道長也急了，可眼下他連自己這邊都很危險，沒辦法，呂偉道長只好拿出自己所有看家的本領，力求快點脫身去救小阿吉。

鬼魂也知道柿子該挑軟的吃，除了幾個比較凶猛的鬼魂還敢跟呂偉道長對抗外，其他鬼魂當然都朝著那個比較弱小、毫無抵抗力的小毛頭而去。

一時之間，去找小阿吉的鬼魂數量，遠遠勝過來對付呂偉道長的。

兩人隔著一道布幕，呂偉道長看不到小阿吉那邊的情況，只知道許多鬼魂都朝那邊而去，小阿吉恐怕凶多吉少了。

好不容易解決幾個比較難纏的鬼魂，呂偉道長根本不敢多作停留，幾乎立馬衝出棚外。

呂偉道長衝出去一看，立刻瞪大了雙眼，因為他看到了他當一輩子的法師，見過最為驚人的一幕。

「妳猜猜少爺怎麼了？」何嬤臉上突然露出調皮的表情，看向曉潔。

「受傷？」曉潔緊張地猜著：「被附身？不見了？死了？不對，他現在還活著……」

曉潔一連猜了三個結果，何嬤卻是頻頻搖頭。

「那些凶狠的鬼魂圍著少爺，」何嬤笑著說：「但是卻沒有任何一個鬼魂對少爺出手，少爺毫髮無傷。」

「為什麼？」曉潔瞪大了眼，一臉難以置信。

「呵呵，這個……」何嬤笑著說：「妳可能就要自己去問問少爺了。」

「耶？」

曉潔嘟著嘴，為這掃興的答案表達出不滿。

「不是何嬤不跟妳說，」何嬤笑著說：「是我也不知道，因為老爺不肯說，少爺也不肯說，妳去問問，說不定他會跟妳說。」

曉潔扁著嘴搖搖頭。

一路聽了小阿吉的故事，對曉潔來說，實在不想讓這小朋友跟現在的阿吉劃上等號。

「那後來呢？」

「後來他們平安回來，」何嬤攤開手，理所當然地說：「老爺就提議要收少爺為弟子，結果少爺的爸媽氣得半死，不准少爺拜師，但是少爺也很固執，硬是瞞著爸媽拜了老爺為師，兩人就這樣成為了師徒。」

「老……阿吉……哥……」曉潔彆扭地問：「是不是常常讓呂偉道長很頭痛？他一定是個很糟糕的弟子，對不對？」

不管經過幾次，曉潔還是很難在外面大剌剌地直呼老師的名諱。

雖然阿吉真的一點老師的樣子也沒有，但從小尊師重道的曉潔，實在沒辦法像阿吉一樣，把校內跟校外徹底地切割。

「不。」何嬤笑著搖搖頭說：「老爺非常喜愛少爺，老爺常常說，他不收弟子，就是因為在等少爺這樣的人出現。」

「啊？」曉潔顯得失望，這答案與她心中所想的差太多了。

「以前老爺總是跟我說，」何嬤臉上浮現出一抹慈祥的笑意：「那孩子真是與眾不同啊！觀察力出眾、記憶力拔群，簡直就是天生當鍾馗派法師的料。妳知道嗎？少爺只花了一個月的時間，就將一百零八種鬼魂以及收魂的口訣全都記清楚了，這可是真的不簡單喔。」

聽到何嬤這麼說，曉潔內心一震，因為曉潔自己知道，這兩點也是她最大的優點。

從小到大，在每個學期結束之後的成績單上，觀察力與記憶力這兩項優點，不時都會出現在老師的評語之中。

當然如果可以的話，曉潔一點也不想跟阿吉有任何共通點。

另外，曉潔也心想，如果呂偉道長知道，阿吉未來竟然會把這兩個優點拿來背課文，並且用自己的觀察力與斜視技巧來偷看班上的女學生，一定會氣到從墳墓裡跳出來掐死他吧？

「妳們在這裡聊些什麼？」

一個聲音冷冷地從後面傳來，何嬤與曉潔一起回頭，阿吉就站在那裡，身上穿著跟上次自己看到一樣的戰鬥服裝。

只見阿吉一身金黃色的道袍，金光閃閃到讓人覺得刺眼，上面不只鑲了金邊，還縫了金箔，比起道袍還更像是皇帝的龍袍。

曉潔一時之間看到，還是不習慣地瞇起眼睛，不解地問：「為什麼你要換上這套衣服？」

「因為迷藥的毒已經解得差不多了，」阿吉面無表情地說：「所以我想那傢伙，應該也快要來了。」

「啊？」曉潔張大了嘴。

「那傢伙知道徐馨身上的毒被解了，一定不會放棄。不管我們上山還是下海，它都會殺過來的，這就是我說不能送她去醫院的原因了。」

3

四周又再度沉靜下來。

全副武裝的阿吉就佇立在徐馨所在的屋外，拿著羅經盤靜靜地站在門前。

比起上一次，這次的阿吉顯然準備得充分多了，不但有劍、羅經盤，還外加一條鞭子，曉潔聽阿吉說那個東西叫做法索。

除了這些之外，那金光閃閃的道袍袖子裡面，還不知道藏了些什麼東西。

這讓曉潔心中極為不解，不是說這一次攻擊徐馨的鬼魂是魅嗎？

從阿吉所說的種類之中，魅還是屬於低階的鬼魂，有必要這麼大陣仗嗎？

當時在徐馨家裡，阿吉不是用米酒跟鹽就打跑它了嗎？

想到這裡，曉潔這才注意到阿吉這一次完全沒有準備這兩樣東西。

「怎麼沒有米酒跟鹽呢？」

「啊？」

「你剛剛在徐馨家，」曉潔皺著眉頭說：「不是用米酒跟鹽對付過那個附身在徐奶奶身上的傢伙嗎？」

「那不是對付，」阿吉搖搖頭說：「那只是逼它現形的方法，根本傷不了它。它之所以會退，只是不想現真身而已。對鬼怪來說，在法師面前現真身是一個大忌，等於是在告訴我們該怎麼收服它，所以大部分的鬼怪，都會盡可能隱瞞自己的真身，讓我們不知道該用什麼樣的方法收服它。」

在與何嬤詳談過後，現在的曉潔的確對阿吉以及呂偉道長，還有他們所屬的這個門派，有了更深一層的了解。

因此聽到阿吉的解釋，曉潔也點了點頭，心想這說的應該就是那些鍾馗祖師爺所傳下來的口訣吧？

「就像我師父以前常說的，」阿吉搔了搔頭說：「我們這一派就好像醫生一樣，遇到這些鬼怪，首先就是要先搞清楚對方是什麼樣的妖孽。只有知道對方的真身，才有辦法對症下藥。」

聽到阿吉這麼說，曉潔立刻聯想到先前在呂偉道長生命紀念館的時候，何嬤跟她說的話，因為口訣只能靠口耳相傳的關係，已經有很多口訣有缺漏，這樣的情況之下，會不會有些鬼魂，就算知道真身，也沒有辦法對付呢？

曉潔正準備要問阿吉，突然看到阿吉的臉色有異。

「來了。」阿吉沉著臉說。

聽到阿吉這麼說，曉潔不自覺的身子一縮，心情也跟著緊張了起來。

曉潔四處望了一下，從走廊外看出去，只看得到一片黑暗，根本什麼鬼影也沒見到。

曉潔正準備說「我什麼都沒有看到」，想不到才剛張嘴，嘴巴說出的竟然是：「啊！」

因為就在曉潔張口的瞬間，一股撲鼻的惡臭迎風吹了過來。

曉潔立刻摀住自己的口鼻，不過對於那股惡臭卻一點也不陌生，那味道的確就是在徐家客廳聞到的味道。

因此，即便完全沒見到半點鬼影，曉潔也知道，阿吉說得沒錯，那傢伙的確來了。

曉潔瞪大了雙眼，更加仔細地環顧四周，突然眼角餘光彷彿看到了些什麼，順著仰頭一看，不禁倒抽一口氣，只見徐奶奶又宛如蜘蛛人般，倒掛在天花板上。

既然曉潔都看到了，能夠斜視的阿吉當然也早就看到了。

不過阿吉卻仍然直視著前方，並沒有抬頭看徐奶奶，曉潔立刻會意過來，這傢伙肯定又要跟上次一樣，假裝沒注意到，然後吸引對方過來攻擊他吧！

一想起過去的經驗，讓曉潔不自覺地用手抱著胸部，屏息盯著徐奶奶跟阿吉之間一觸即發的對決。

徐奶奶宛如蜘蛛般，懸吊在天花板上，那瘦小的手掌緊貼著天花板，彷彿手上有某種可以黏住天花板的能力。

徐奶奶並沒有像上次那個冒失男鬼一樣，看阿吉沒有準備就朝他撲過去，反而像是一隻擅長於狩獵的野獸般，緩緩地靠近阿吉。

雖然徐奶奶動作不快，但光是那詭異的模樣，與那宛如憤怒野獸般的動作，都讓曉潔感覺比前一個跟蹤狂似的男鬼還要恐怖。

就在曉潔對徐奶奶的恐懼還在內心持續擴散的時候，徐奶奶已經向阿吉發動攻擊。

只見徐奶奶從天花板一撲而下，伸長手臂朝阿吉抓去，早就已經準備好的阿吉一個轉身，避開了這一爪，反過來用那條宛如鞭子一樣的法器朝徐奶奶抽過去。

徐奶奶動作也快，閃過了這一下，但是阿吉似乎也早就料到，手跟著一抖，鞭子彷彿有生命般，再度朝著徐奶奶而去。

雖然阿吉控制鞭子的能力超乎曉潔想像的出色，但是徐奶奶的反應也真的非常快，一連抽了幾下，徐奶奶都毫髮無傷地閃過，除此之外，徐奶奶也會三不五時對阿吉發動攻擊，不過雙方其實都很清楚，對方目前還只是試探的局面。

而就在兩人交手的同時，曉潔的心中不自覺地想起了先前阿吉跟何嬤兩人告訴自己的話。

當然，在阿吉的告知之下，曉潔已經知道了附身在徐奶奶身上的鬼怪是魅。

而看到了徐奶奶那倒吊在天花板的模樣，也讓曉潔第一個聯想到這鬼怪生前一定是妖。

這樣一來，就只差最前面的三門了。

比起先前那個一直跟著自己的男鬼，感覺徐奶奶並沒有隨時隨地死纏著徐馨不放，比較不像是人門，而聽阿吉解釋過，地門是指那些有如地縛靈一樣寄生在一個地方的鬼魂，雖然不知道這樣的鬼魂有什麼樣的特徵，不過曉潔卻下意識地覺得，這鬼魂應該也不屬於地門。

那麼在刪去法之下，只剩下天門可以選擇了。

因此，這個鬼魂曉潔在心中猜測，應該是「天魅妖」吧？

這時阿吉跟徐奶奶仍然打得火熱，只是此刻的阿吉不再只用鞭子，而是用手上的銅錢劍來應戰，徐奶奶在銅錢劍的逼退之下，越來越遠離徐馨的房門。

眼看戰況對阿吉有利，曉潔立刻從口袋中掏出打火機，這個打火機是剛剛阿吉給她的，事實上，阿吉給了曉潔一個任務，那便是等等在阿吉的一聲令下，她必須立刻點燃身旁的三根蠟燭。

果然，在曉潔準備的同時，阿吉突然將劍砍向徐奶奶的右方，徐奶奶見狀立刻向左一進，徐奶奶原本還打算趁勢逆轉戰局，豈料阿吉這一劍其實正是要逼她朝自己靠過來，步入陷阱的徐奶奶，就這樣被阿吉另外一隻手上的東西給擊中。

那東西彷彿有吸力一般，吸住了徐奶奶的頭。

即便看不到，徐奶奶也知道，那是一個八卦鏡。

眼看八卦鏡吸住徐奶奶，阿吉立刻對後面站在走廊最末端的曉潔叫道：「點火！」

曉潔一聽，立刻點燃身旁的三根蠟燭。

「魂定於八卦鏡，點三根清魂燭，這是給你的破魅符。」阿吉丟下右手的銅錢劍，拿出了一張符唸道：「天魅妖，這就是你的名，破！」

阿吉叫完，將手用力朝徐奶奶的頭上貼去。

一聽到阿吉這麼叫，曉潔內心一驚。

想不到自己隨便推測一下，竟然真的是正確答案。

哈哈！看來只要再跟阿吉問一下口訣，說不定自己也可以跟阿吉一樣，成為降鬼伏魔的法師了。

曉潔心裡這麼想著。

然而跟曉潔不同的是，阿吉不是用矇的，而是確實照著眼前的證據推測出來的結果。

當然曉潔也知道，按照上次的經驗，一旦阿吉喊出對方的真身，也就是戰鬥勝負已決的時刻，心中那顆大石也終於放下。

眼看阿吉再次大顯神威，讓曉潔差點跟著歡呼鼓掌起來。

或許平常的阿吉是個愛裝蒜，又有點色瞇瞇的傢伙，但是一旦到了這個時候，曉潔覺得阿吉還真的比任何人都還要有一套。

只是這一次，鬼魂並沒有發出哀號的聲音。

下一刻，只見徐奶奶一仰起頭，臉上浮現了一抹讓人發寒到骨子裡的笑容。

那一抹笑，讓曉潔臉上的笑容整個僵了，就連呼吸都忘了。

而阿吉也好不到哪裡去，見到這笑容，阿吉立刻知道發生什麼事情。

——自己判斷錯誤了，眼前這傢伙，並不是天魅妖。

作夢也想不到自己判斷會有錯誤的阿吉，內心一懍的同時，身體也立刻反應過來，向後一跳。

可是為時已晚，徐奶奶已經伸出了手，挖向阿吉的心臟，那手來得極快，雖然阿吉已經很快地朝後面一跳，但是徐奶奶的爪子仍然劃破了阿吉的道袍，在阿吉的胸口留下一道缺口，胸前頓時噴出了鮮血，原本金黃色的道袍，立刻被染成血紅的一片。

阿吉摀著胸口，勉強站穩自己的腳步。

如果剛剛阿吉有所遲疑，哪怕只有半秒，現在徐奶奶的爪子很可能已經貫穿他的心臟了。

雖然阿吉躲過了致命一擊，死裡逃生，但是對方當然不可能給阿吉機會，只見徐奶奶向前朝著阿吉撲來，又是一抓。

阿吉見狀，趕忙向後一退，這次阿吉在自己胸口再度被劃出一道缺口之前，勉強逃過一抓。

雖然都是同樣的驚險，但是這兩次的攻防之間，卻有著很明顯的不同。

有別於剛剛自己胸口受創的那一下，這一次阿吉有了心理準備，雖然徐奶奶動作仍然犀利，但是阿吉也不是省油的燈，這一退，幾乎包含了阿吉這些年來修行的功力在裡面。

當然在曉潔看起來，阿吉好像只是向後退了一步，但這卻是阿吉保住自己性命的一招。

然而曉潔雖然外行，但對方可是內行得很，一眼就看出了阿吉所退的這一步大有來頭。

「跳鍾馗？」徐奶奶瞪大雙眼叫道：「原來是法師啊！難怪你敢跟我作對！」

跳鍾馗是一種流傳於民間的法事，專門用來送孤、除煞的一種儀式。

因為在進行儀式的時候，帶有七煞，因此不適合觀看，事實上，當初阿吉闖入呂偉道長的帳篷時，呂偉道長正是在進行跳鍾馗的儀式。

跳鍾馗主要有三個環節，一為步法，二為戲法，三為儀法。

此刻阿吉為了躲避徐奶奶的攻擊所踏出的腳步，正是跳鍾馗的步法。

畢竟阿吉所屬的門派，本來就是拜鍾馗為祖師的鍾馗派。

因此跳鍾馗可以算是基本功的一環，就算不拜入門下的弟子，也有機會習得，更遑論阿吉這種正統的繼承人。

也正因為是基本功的一環，這時的阿吉一遇到危機，很自然地使出了跳鍾馗裡面的步法。

徐奶奶當然一眼便看出來，但是這跳鍾馗的步法，再怎麼說都只是一個基本功，並不是真正為了降鬼驅魔，而是用比較類似「溝通」的方式，希望可以送孤、除煞，而在其中所包含的功力，主要也是以自保為主。

因此除了鍾馗派的弟子之外，就連許多戲團也都會特別找人來學，是個比較流傳於民間的一門功夫。

徐奶奶當然不可能因為一個以自保為主的基本功便退卻。

徐奶奶毫不猶豫地再次衝向阿吉，那身影快到曉潔連看都看不清楚，讓她不免替阿吉捏一把冷汗。

對不明就裡，完全搞不清楚兩人之間交鋒情況的曉潔來說，眼前的戰況十分詭異。

只見徐奶奶用幾乎快要看不清楚的速度攻擊著阿吉，相對之下阿吉的動作並不快，甚至可以說有點緩慢，可是不管女鬼從任何角度攻向阿吉，阿吉都好像早就預知般，甚至連看都沒有看向女鬼，便躲過了女鬼的攻擊。

只見阿吉一轉一蹬一踢，看起來就好像台上的戲子在耍戲法，卻都能夠剛好避開徐奶奶凌厲的攻勢。

當然從曉潔這邊看阿吉好像很輕鬆，但阿吉可是戰戰兢兢，一步都不能踏錯，畢竟阿吉的每一步都是對抗邪靈的基本功——腳踏七星步。

可是對方也不是普通的對手，畢竟光是可以騙過阿吉這一點，就已經讓她取得了第一先機。

雖然知道阿吉不好對付，但是徐奶奶仍然用她的速度，看準了阿吉的下一步，朝阿吉撲過去，就算拚個兩敗俱傷，也要讓阿吉的腳步亂掉。

眼看對方竟然拚上了命，即便阿吉知道出手絕對可以打傷對方，但是相對的，自己也肯定會被打亂腳步，對方也可以趁機打傷自己。

阿吉不願意做這樣的賭注，更不敢大意，向後用力一躍，伸手去解開自己身上的腰帶。

眼看終於將阿吉逼退，不再踏出七星步，徐奶奶當然不願意錯過這個良機，猛然朝阿吉一撲。

當然徐奶奶快，阿吉這邊也不慢，阿吉鬆開自己的腰帶之後，熟練地將道袍一脫，只見阿吉抓著道袍一角用力一拉，原本金色的道袍竟然反轉過來，就好像雨傘一樣被撐了開來。

原本金光閃閃的道袍，此刻竟然變成一把黑雨傘，而黑雨傘上還寫著密密麻麻的咒文。

錯過了制敵先機，判斷錯了對方真身，已經讓阿吉頓失勝算，阿吉也不是笨蛋，不會在這種時候硬幹。

但是對方卻是卯足了全力，讓阿吉這邊也不敢有所保留，既然對方想以命搏個兩敗俱傷，阿吉這邊也會全力力拚個你死我活。

先前的七星步如果叫做保命，現在黑傘在手，已經不再只是腳步，而是整個魁星起手式了，一旦對方敢再用性命相拚，阿吉這邊也不會再客氣了。

原本已經撲過來的徐奶奶，突然見到阿吉的模樣，也頓時停下來，甚至向後退了一步。為免有失，即便見到徐奶奶退了，阿吉也不敢大意，將中指伸到嘴前用力一咬，手指立刻滲出了血。

阿吉先用中指在手掌上劃了劃之後，將手反轉用力一彈，手上的血立刻濺灑了出來，阿吉分別朝著三方一彈，彈完之後右腳用力一踏，左腳向後一彎，成了單腳金雞獨立，並且將那道袍化成的傘舉到頭邊，對著徐奶奶。

完全不知道怎麼回事的曉潔，只是瞪大著雙眼，看著模樣有點詭異又有點滑稽的阿吉，完全不懂現在是什麼情況。

其實阿吉此刻的模樣可是大有來頭，就好像魁星踢斗圖中的魁星塑像一樣，是魁星七式的起手架式。

這是只有鍾馗派東南西北四派的正統傳人才會的魁星七式，阿吉的師父呂偉道長是北派的正統傳人，而阿吉身為呂偉道長的徒弟，這魁星七式自然也是拿手絕活。

「鍾馗陣中跳鍾馗，」徐奶奶側著頭說：「加上魁星起手，你是鍾馗派的傳人？看樣子，你好像也不是什麼小毛頭。」

阿吉抿著嘴，不發一語只是冷冷地看著徐奶奶。

「咱們井水不犯河水，」徐奶奶說：「我只要那小丫頭！」

徐奶奶說完，也不管阿吉肯不肯，突然朝著徐馨所在的房間衝過去。

原本還以為阿吉會二話不說地追上去，但是阿吉卻仍然保持著那金雞獨立的姿勢，佇立在那裡。

房間裡面，立刻傳來徐馨的尖叫聲，不過那只有轉眼的一瞬間，下一秒，徐馨的尖叫聲彷彿是被按下靜音鈕的電視機般戛然而止。

而與此同時，阿吉再也撐不住，在左腳著地的同時，整個人也順勢蹲倒在地上。

看到這情況，不需要任何人的解釋與說明，曉潔也知道這是怎麼回事了。

——這一戰，阿吉敗了。

4

阿吉的情況，說不定比徐馨還要糟糕許多。

看到阿吉胸口淌著血，一時之間，曉潔也慌了，完全不知道該怎麼辦。

在驚慌失措的情況之下，曉潔找上了何嬤，何嬤立刻請陳伯來幫阿吉療傷。

脫下阿吉的衣服，看到了阿吉的胸膛，曉潔不禁倒抽一口氣。

只見胸膛被女鬼抓出一個洞的阿吉，此刻淌出來的鮮血卻是一片黑，而且有點成泥狀，那傷口看起來就彷彿是一個黑色的泥漿口，不停冒出黑色的泥漿，除此之外，阿吉的胸前也跟早先徐馨的臉上一樣，同樣蒙上了一股淡淡的黑氣。

有別於曉潔的大吃一驚，陳伯冷靜地準備著要幫阿吉療傷用的材料。

只見陳伯將一把生米丟入硃砂水中，然後等米吸飽水後，再將這些染紅的生米，宛如藥膏般敷在阿吉的傷口上。

只見阿吉胸口上的黑氣與黑泥般的血，就這樣被那些生米給吸附，而那些本來血紅色的米粒，也被染成黑色。

就這樣反覆幫阿吉敷了幾次之後，阿吉胸膛上的傷口越來越清楚，而那些從傷口流出來的血液，也慢慢地回復成原本該有的血紅色。

當傷口流出來的血液恢復了正常，陳伯便開始幫阿吉的胸口上藥、包紮，等到陳伯弄好，阿吉的臉上也恢復了血色。

幫阿吉治療之後，陳伯離開了房間，一旁的何嬤靜靜地收拾著桌上的材料。

「我早就知道會有這一天了，」阿吉搖搖頭嘆了口氣說：「唉，真是對不起師父啊，讓他丟臉了。」

「說這什麼傻話，」何嬤突然敲了阿吉的頭一下啐道：「不要亂說話，老爺一定會以你為榮的。」

何嬤說完，抱著材料氣呼呼地走出去。

「這……我可不敢保證。」阿吉將頭轉向一邊，無奈地說。

這時阿吉才看到曉潔一直不發一語，一臉擔憂的模樣。

「怎麼啦？」阿吉自嘲地苦笑說：「平常妳不是口齒很犀利嗎？看到我失敗了，怎麼反而變成啞巴了？」

聽到阿吉這麼說，原本還在幫阿吉擔心的曉潔也火了，扁著嘴說：「你真是個笨蛋。」

「是，我真的是笨蛋。」阿吉一反常態的點著頭說：「看到對方飛簷走壁，就以為對方十之八九是妖。這一次真的是大意了。對方肯定有對壘過法師，所以非常清楚，不能暴露自己的身分，才會故意做出彷彿天魅妖般的舉動。比起她那樣打從一開始就盡可能隱瞞自己的真實面貌，我根本連情報都還沒蒐集清楚，就已經做出判斷，我真的嫩太多了。」

想不到阿吉竟然會這樣坦然地承認自己的錯誤，讓曉潔一時之間覺得自己說得太過火而感到內疚。

「唉，」阿吉摸著額頭說：「這一次還真是大意失荊州啊。」

阿吉說完了之後，站起身來，竟然將那件已經染血的道袍給穿上。

「你要幹嘛？」

「去救徐馨。」阿吉一臉理所當然地說。

「啊？」曉潔簡直不敢相信自己的耳朵。

「剛剛如果不是被她先抓傷了，」阿吉一臉平靜地說：「我也不會讓她再次抓走徐馨，不過現在傷口已經沒事了。」

沒有給曉潔太多議論的空間，阿吉起身揹起一個黃色的布袋，轉身已經要走出去。

「等等。」

曉潔叫住了阿吉，但是一時之間也不知道該說什麼。

彷彿了解曉潔的心思，阿吉略微轉過頭，淡淡地說：「現在不快去，徐馨就沒救了。」

聽到阿吉這麼說，曉潔知道阻止不了，也不應該阻止阿吉了。

「你知道去哪救嗎？」

「現在知道了。」

「哪裡？」

「徐家。」阿吉冷冷地答道。

5

兩人離開廟宇之後，一路直直朝著徐家而來，路上阿吉還讓曉潔聯絡了一下附近的廟宇，得知原來在徐馨一家人住在那裡之前，那邊就曾經請道士去做過法事了。

到了徐家之後，發現徐家的門上了鎖，阿吉竟然從口袋裡面掏出了工具，三兩下功夫就把鎖給打開了。

想不到，阿吉連開鎖也會，這還真是讓曉潔大開眼界了。

這傢伙該不會還有偷偷潛入別人家裝針孔的前科吧？曉潔不禁這麼聯想。

阿吉緩緩地將徐家的大門給打開，曉潔順著門看進去，一臉難以置信。

只見原本應該是徐家客廳的景象，此刻卻是一片莫名詭異的黑暗，就算是客廳沒有開燈，光是靠著公寓樓梯間的燈光，也不應該什麼都看不見。

比起曉潔的驚訝，阿吉對於這樣的景象，可一點也不意外。

「怎麼……會這樣？」

「因為這裡就是那女鬼的棲身之所，」阿吉淡定地說：「進去裡面非常危險，所以我要妳在這邊等著，如果徐馨出來了，妳一定要抓住她，知道嗎？」

「抓住她？」曉潔一臉狐疑。

「沒時間解釋了，」阿吉將袋子側揹對曉潔說：「還有，不管發生什麼事情，都不要踏進屋內，知道嗎？如果等到天亮我跟徐馨都沒有出來，妳就趕快回家。」

阿吉交代完之後，頭也不回地踏進屋內。

曉潔看著阿吉一步一步走入黑暗之中，走沒幾步，就完全看不到阿吉的身影了。

四周是一片讓人感到絕望的黑暗，但詭異的是，不管多黑暗，阿吉都不需要靠手電筒這種發光的東西，就能看到自己的身體，或者是自己隨身攜帶進來的東西。

雖然以前跟著呂偉道長也曾經進到過這樣的空間，但是像現在這樣孤軍作戰，對阿吉來說，也算是頭一回。

阿吉從道袍之中，掏出一支短得出奇的短香，那長度跟小指差不多長。

將香點燃之後，阿吉又掏出一張寫有徐馨出生年月日的黃紙與香繞在一起，兩者一起含入口中，然後開始摸黑在這一片黑暗之中緩緩前進。

靠著這根香與徐馨的生日，即便在這片黑暗之中，也可以讓阿吉找到徐馨。

雖然沒有確切的生辰八字，從學生資料中無法得知出生時間，但除非在這個屋子裡有另一個同名同姓，且同年同月同日生的人，不然要找到徐馨應該是沒有問題。

把徐馨帶出這裡，是阿吉現在的第一目標。

只要能夠達成這個目標，其他相對之下就簡單多了。

現在阿吉只能祈禱，在達成這個目標之前，那女鬼不會先動手，不過就連阿吉也知道，這樣的可能性微乎其微。

果然走沒多久，阿吉就看到前面出現了一張自己曾經見過的床，而徐馨好像睡著一樣躺在上面。

找到徐馨之後，阿吉吐掉口中的香，走到徐馨的床邊。

阿吉將符咒拿在手上，然後在徐馨的臉前比劃了幾下，過了一會之後，徐馨緩緩張開雙眼。

「阿……阿吉？」清醒過來的徐馨還有點搞不清楚狀況地看著阿吉。

「對不起，」阿吉低著頭說：「我失手了，所以才讓妳又被它抓回來。」

徐馨搖搖頭表示不要緊。

這時徐馨看到了阿吉身上胸口染血的道袍，驚訝地說：「你受傷了？」

「已經沒事了，」阿吉揮揮手示意徐馨下床：「快點，我們要趕快出去。」

徐馨下了床後，阿吉也顧不了那麼多，抓著徐馨的手準備循路出去。

誰知道才剛走沒幾步，一個恐怖的聲音突然傳了過來。

「作夢！」

黑暗之中，只見脫下了徐奶奶的外殼，現出原形的女鬼突然衝出來，一隻手就往徐馨身上抓去。

阿吉用銅錢劍擋住了這一抓，但是黑暗之中，又突然出現那女人的腳，直直往阿吉的臉上踢過來。

阿吉極為狼狽地躲過這一下，整個人也差點跌倒，還好一旁的徐馨幫阿吉保持住了平衡，才不至於兩個人一起倒在地上。

好不容易躲過女鬼的奇襲，阿吉才剛站穩，女鬼又撲向阿吉。

阿吉看準了女鬼的來勢，正準備輕鬆躲過這一擊，想不到這一次女鬼撲上來，突然改變了攻勢，伸手朝徐馨抓去。

阿吉沒料到女鬼會這樣聲東擊西，抓住徐馨的手用力一扯，兩人立刻對換了位置，這一下從阿吉的背上劃過去，在道袍上留下了一道開口，而鮮血也立刻流了出來。

這一下比先前在廟宇被抓的那一下要輕上許多，如果再深一點的話，就會跟當時的胸口一樣，不單只是皮肉傷，還會被女鬼的瘴氣所傷。

不過這一次的攻勢也讓阿吉了解到，在這種顧此失彼的情況之下，自己的落敗很可能只是時間問題而已。

與此同時，阿吉腦海中浮現出一計，就在阿吉還在猶豫要不要這麼做的時候，女鬼怒號一聲，又朝兩人而來。

阿吉拉著徐馨向後一跳，用手指扣住銅錢，一連彈了好幾發，才勉強逼退女鬼。

阿吉不再猶豫，轉過身來一把摟著徐馨的腰，徐馨被阿吉這突如其來的舉動嚇到，完全不敢動彈，一雙大眼睛愣愣地瞪著阿吉。

「妳有沒有跳過舞？」阿吉笑著問。

「啊？」徐馨一臉訝異。

「很簡單的，」阿吉低著頭示意徐馨看自己的腳：「緊跟著我的腳步。」

說完之後，也不管徐馨願不願意，阿吉就這樣摟著徐馨的腰，開始向前踏出一步。

身體的重心被摟住的徐馨，也只能跟著向前踏出一步。

「左腳，右腳。對，就是這樣！」

阿吉一步步給了徐馨指示，但是徐馨只能勉強跟上腳步，這時旁邊突然又閃過女鬼那張駭人的臉孔，不過兩人因為舞步的關係，剛好躲過了女鬼的攻擊。

這是怎麼回事？

徐馨又驚又怕，根本不知道現在到底是什麼狀況。

當然，阿吉不可能在這種情況之下，還要徐馨跟自己跳舞。

這時兩人所踏的腳步，正是早先阿吉在對付女鬼時所使用的七星步。

與其在這邊跟女鬼決一生死，不如先求自保，把徐馨送出去再說。

但是徐馨看到那女鬼一會從左邊閃過去，一會從右邊閃過去，嚇都嚇死了，怎麼可能還有心去看底下的腳步。

「別怕！」阿吉看著徐馨說：「有我在，她傷害不了妳的。」

徐馨看著阿吉，不知道為什麼心裡對女鬼的恐懼也跟著少了幾分，緩緩地點了點頭。

「但是，」阿吉說著，腳下也沒閒下來，又再度向前踏出一步說：「妳一定要跟著我的腳步，來。」

在阿吉的鼓勵之下，徐馨也不再分心，專心低著頭緊盯阿吉的腳，努力跟上阿吉的步調。

兩人就好像一對相愛的小戀人般，在黑暗的舞池中旋轉跳舞。

一種暖暖的感覺，襲上了徐馨的心頭。

人生一直都對徐馨很不公平，不，應該說，徐馨也曾經有過一段非常幸福的日子，但是卻萬萬想不到，只為了一點小事情，竟然可以徹底毀滅一個家庭，破壞一個人的幸福。

在那次事件之後，人生就宛如轉錯了彎道。

雖然跟奶奶一起生活沒什麼好抱怨的，但是一回想起過去，徐馨總是會不自覺地熱淚盈眶。

比起過去的那些時刻，現在被阿吉抱著的這份溫暖，已經不知道多久沒有體會到了。

就在徐馨還陶醉在阿吉懷中的時候，阿吉終於找到一點機會，用銅錢將女鬼擊退。

兩人停了下來，徐馨這才有點依依不捨地離開阿吉的胸膛，定睛一看，徐馨立刻倒抽一口氣。

只見阿吉身上的黃金道袍，到處都看得見宛如刀傷般的割痕，傷口流出來的血跡，隨處可見。

「妳沒受傷吧？」阿吉低頭問徐馨。

徐馨一臉難以置信，就在她沉醉於阿吉的擁抱之中的時候，阿吉卻是為了自己而身受那麼多傷。

徐馨看得又心疼又難過，但是內心深處，卻是暖烘烘的一片。

眼看徐馨沒有回答，阿吉反而有點擔心。

「妳有受傷嗎？」阿吉瞪大了眼問。

「沒有，」徐馨忍住了眼角不斷要冒出來的淚水說：「你受傷了，不會痛嗎？」

「沒事。」阿吉搖搖頭。

比起徐馨的陶醉，阿吉這邊可是有點焦頭爛額，身上到處都有被那女鬼抓傷的傷口，但是跟這些傷口比起來，阿吉的內心更悶。

這實在是太狼狽了，阿吉咬著牙。

畢竟對阿吉來說，要對付這個女鬼，其實沒有那麼困難，苦就苦在這裡是那女鬼的地盤，加上身邊還有徐馨這個小姑娘要照顧，實在沒辦法好好對付女鬼。

不行！一定要想辦法先把徐馨送出去！

阿吉打定主意之後，心一橫，決定賭一把。

「妳相信我嗎？」阿吉轉過來問徐馨。

徐馨低著頭，好像很害羞的樣子，過了一會才緩緩地點了點頭。

阿吉從袋子裡面拿出三支香，將它們點燃之後，再拿出一張摺好的符。

「徐馨，」阿吉對徐馨說：「把這張符抿著，不用放進嘴巴裡面，用嘴唇抿住，然後拿著這三支香，不要走快，但是絕對要閉緊妳的眼睛。妳就朝這邊直直走，千萬要記得，不管聽到什麼聲音，都不要張開妳的雙眼，也不要停下妳的腳步，一直到感覺被人抓住，才能停下來張開妳的雙眼，知道嗎？」

徐馨用力點了點頭，但是阿吉仍然不太放心，再三強調不能張開眼睛，一直到有人抓住她才能張開眼睛。

在確定徐馨聽清楚了之後，阿吉讓徐馨拿著香，並且嘴巴抿著那張符。

「去吧。」阿吉幫徐馨調整好行走方向之後，拍了拍她的肩膀說。

徐馨緊緊閉上雙眼。

相信阿吉，這是徐馨唯一的信念。

在經過了這麼多不幸之後，在自己這樣的生命危機之際，有個男人竟然會為了自己捨命相救，為了自己身受那麼多傷。

或許，阿吉是老天對自己唯一的補償。

雖然說自己的人生，不知道從什麼時候開始已經徹底混亂了，但是能夠認識阿吉，或許是自己人生之中，唯一美好的事情。

徐馨伸出雙手，緊閉著雙眼，開始踏出腳步。

每一步，都是出自對阿吉的信任。

那種好像把自己的一切，都交到阿吉手上的感覺，讓徐馨實在難以相信，自己認識阿吉不過只是短短幾小時的事情。

當自己從沉睡之中醒過來就看到了那張臉龐，感覺就像是睡美人的故事一樣。

徐馨就這樣閉著眼睛，胡思亂想地一步接著一步向前走。

這時一個聲音從旁邊傳來，徐馨很快就認出那是奶奶的聲音。

「馨啊，妳要小心啊。」奶奶說：「前面很危險，停下來陪陪奶奶，好不好？」

徐馨記得阿吉的告誡，只能用力地搖著頭，卻不敢張開眼睛。

奶奶的聲音過了之後，接著徐馨又聽到了爸爸的聲音

「馨，」爸爸語氣中聽得出著急：「妳沒事吧？爸爸在這裡。妳要去哪裡啊？為什麼不看看爸爸？」

徐馨仍然咬緊牙關，猛力地搖著頭，繼續緊閉著雙眼向前走。

「等等！」

聲音突然改變，徐馨一聽，是阿吉的聲音。

「前面危險！快點張開眼睛！」

比起奶奶與爸爸，一聽到阿吉這麼叫的時候，徐馨差點就把眼睛張開了，不過就在眼睛差點張開的時候，徐馨又更用力的緊緊閉上雙眼。

不行！要相信阿吉！

徐馨在心中吶喊。

但是，徐馨內心也不禁有點擔心，自己不知道已經走了多久，會不會真的永遠都沒辦法張開眼睛呢？

就在徐馨這麼想的時候，突然一隻手抓住了自己，徐馨嚇了一跳，叫了一聲之後，耳邊傳來一個熟悉的聲音。

「妳沒事吧？」

那聲音聽起來好像曉潔的聲音，徐馨這才緩緩地張開雙眼，一張熟悉的臉孔映入眼簾。的確是曉潔，而自己所在的地方，正是自己家門外。

「妳沒事吧？」曉潔再問一次，這一次徐馨才緩緩地搖了搖頭。

「阿吉呢？」曉潔緊張地問。

「應該……還在裡面。」徐馨回答。

兩人不約而同轉過頭看著門內，門內原本應該是徐家客廳的地方，此刻仍然是黑暗一片，完全看不到任何東西。

而就在這一片黑暗之中，阿吉仍然被困在裡面。

不過此刻阿吉也知道，徐馨已經安全出去了。

在確定徐馨的安全之後，阿吉內心暗自慶幸，徐馨沒有被那傢伙迷惑。

畢竟這對阿吉來說，決定讓徐馨先行出去是一場豪賭。

如果剛剛徐馨重新落入那傢伙的手中，可能不只有徐馨，就連阿吉也會有危險。

而在徐馨已經逃出去的現在，阿吉終於可以安心、專心，收服這個女鬼。

對阿吉來說，這場仗已經是勝券在握了，因為就在剛剛女鬼想盡辦法要阻撓徐馨的過程之中，讓阿吉確定了她的真身。

阿吉從黃色袋子裡面，拿出一根針，針的上面綁著一條紅色棉線，針頭上面沾了施過法的硃砂，因此可以指出鬼魂所在的方向，這是阿吉自製的指鬼針，可以在看不見的情況之下，準確找到鬼魂的方向。

阿吉握著棉線，將指鬼針懸在空中，另外一隻手拿出了香灰。

在這種幻惑的空間之中，只有靠香灰引路，才不至於一直在原地打轉。

就這樣，阿吉盯著特製指鬼針，手上緊緊握著一把香灰，每走幾步，就將香灰撒一點在地上。

只要能夠確定女鬼所在的位置，就可以發動攻擊。

靠著這個指鬼針與香灰的反應，阿吉一步步靠近女鬼的根據地。

印象中，過去曾經聽師父說過，台灣有個很厲害的法師，不屬於鍾馗派的，可以用這樣的香灰施法治鬼。

可惜自己沒這功力，別說阿吉沒有，就連阿吉的師父呂偉道長也沒有。

水能載舟，亦能覆舟。

鍾馗派一脈相傳下來，就只有治鬼驅邪的口訣而已。

其他那些門派跟鍾馗派所不同的是，他們比較著重在法術與修行，治鬼驅邪反而成為其次。

這樣的結果之下，法術太過於強大，導致野心也會跟著擴大。

台灣的法師界就曾經因為幾個邪惡法師，發生過幾起因為法術太過於強大而引發的悲劇。

阿吉拿起了桃木劍，事實上，就跟過去師父呂偉道長說的一樣。

他們這一派就好像醫生一樣，只要能夠辨明對方的真身，哪怕沒有半點法力，也能夠降鬼伏魔。

而這個一度讓自己判斷錯誤，並且傷了自己的女鬼，已經暴露她的真身了。

不但如此，在香灰與指鬼針的協助之下，阿吉也已經找到了女鬼的棲身之所。

阿吉將指鬼針收起來，把身後的桃木劍拿出來。

「我不會再犯同樣的錯，」阿吉將桃木劍橫在胸前說道：「妳認得出鍾馗陣與跳鍾馗，還能知道我擺出來的架式是魁星起手，就表示妳以前一定有跟我們這一派的法師交手過的經驗。換句話說，妳打從一開始就非常小心保護自己的真身，但是不管妳怎麼隱瞞，都只是加速讓我發現妳的真身而已。事實上，我已經看出了妳的真身，即便妳抓了我的學生，一直想要把我引開，但其實都只是想要隱瞞一個事實……」

阿吉說到這裡，停頓了一會之後說道：「妳是屬地的！」

阿吉說完，用力將桃木劍朝地上一刺，原本應該是水泥地板的徐家，此刻卻因為女鬼的威力，變成宛如土壤一樣鬆軟，因此阿吉竟然能將桃木劍刺入地板之中。

果然在不遠處，女鬼從地板之中跳了出來。

「捨得出來了嗎？」阿吉瞪著女鬼說：「投降吧，妳已經輸了。」

「你就那麼想死嗎？」女鬼恨恨地看著阿吉說：「今天我如果不殺掉你，我就跟你姓！」

女鬼說完，立刻鑽入地板，然後又瞬間從阿吉身旁的地板跳了出來，伸出爪子抓向阿吉。

阿吉也不閃避，將劍往身前一擋，女鬼怕桃木劍的威力，頓時縮手又再度鑽入地中。

「哼，想跟我姓？」阿吉笑著說：「妳肯我還不肯咧。」

阿吉將一張符拿在手上，先用釘子將符刺穿並且在上面用紅繩繞了三圈，然後把它拿在手上。

女鬼這時再次從地板衝出來，或許對其他人來說，甚至是對其他法師來說，女鬼的鑽地抓人這一招，有非常大的殺傷力。

但是好死不死，這一次女鬼的對手是整天沒事就在練習斜視的阿吉，不管女鬼從哪裡跳出來，幾乎都很難偷襲得到阿吉。

剛剛偷襲不到，這一次又怎麼可能得手？

只見阿吉向旁邊一跳，順手將手上的釘子，刺入女鬼的身上。

「嗚啊！」女鬼叫了出來，在符咒的作用之下，女鬼無法再像先前一樣，鑽入地板之中。

符。

倒在地板上的女鬼，猛一抬頭，阿吉已經來到了跟前，而此刻阿吉的手上，又多了一道

「打一寸鎮魂釘，纏三圈奪魂索，這是給妳的封魂符。」阿吉冷冷地說。

「不！」女鬼淒凌地叫道：「等等！」

阿吉舉起符的手停在空中，冷冷地看著女鬼。

「求求你，」女鬼哽咽地說：「放過我……」

「我放過妳，」阿吉沉著臉說：「妳會放過其他人嗎？在來之前，我問過附近的廟宇了，他們已經不止一次來這裡渡化妳。妳不肯也就算了，到頭來，妳有放過徐馨的父母嗎？妳有放過徐馨的奶奶嗎？妳有放過徐馨嗎？」

女鬼被阿吉問到只能低著頭不發一語。

「沒有！」阿吉替女鬼答道：「所以這不只是為了徐馨，也是為了她被妳所害的雙親跟奶奶，現在一併還給妳！」

女鬼仰起頭來，臉上第一次浮現驚恐萬分的表情，但是為時已晚。

「地惑魔，這就是妳的名，封。」

阿吉將手上的符籙一轉，符籙立刻燒了起來。

與此同時，地面上突然射出一條條宛如繩索的線條，緊緊地將女鬼纏住。

「不要！」

女鬼被地上的繩索緊緊纏住的同時，四周突然亮了起來，場景又回到了原本徐馨家的樣貌。

徐馨跟曉潔兩人一直都守在門外，雖然整個過程之中，只聽得到一點模糊的聲音，但是兩人仍然擔心著阿吉的安危，因此一直佇立在門外沒有離開。

而在女鬼被阿吉封住的同時，眼前原本一片黑暗的景象，突然彷彿有人打開了燈，只見客廳裡面一身金色染血道袍的阿吉就站在那裡，而女鬼則倒在阿吉面前，被地面上冒出來的黑繩，緊緊地綑綁著，整個縮成了一團。

不知道為什麼，那模樣就跟當初阿吉與曉潔第一次來拜訪的時候，阿吉突然對徐奶奶動手的場景有點雷同，只是差別在於這一次兩人之間沒有曉潔擋在中間，而徐奶奶也已經不在，取而代之的是一個青面獠牙的女鬼。

看起來，阿吉應該已經制伏住女鬼了，只是曉潔不明白的是，為什麼阿吉仍然沒有停手的樣子。

「大師……」女鬼哭聲求饒：「請手下留情……」

當然，阿吉非常清楚剛剛那一手已經封住她了，但是阿吉也知道，不管再強大的封印都有解開的一天，到時候這傢伙的功力只會越來越高，屆時就算是自己可能也沒辦法對付得了她了。

因此阿吉對於女鬼的求饒完全無動於衷，即便這是阿吉的人生之中，第一次對鬼魂下

「重手」。

阿吉咬破了自己的手指，在手上比劃了一番之後，一掌拍向那女鬼，被封在原地的女鬼，根本不可能逃得開。

「散！」阿吉叫道。

女鬼彷彿一片水面般，被阿吉這一拍整個四濺開來，形影看起來有點模糊不清。

在鍾馗派的收鬼法事之中，有分三個階段，第一個階段，正是阿吉平常最常用來對付鬼魂的手法，依照鬼魂的不同，而有不同的對應方式，有的為封、有的為斷、有的為破。第二階段則為散，是專門對付那些難以在第一階段收服的鬼魂，散的目的是為了打散魂魄，一方面讓對方喪失法力，另一方面也算是為第三階段鋪路。

因此在散掌之下，阿吉知道對方的法力已經失去了。

不過假以時日，她的力量還是有可能會有恢復的一天。

到時候，自己跟這些學生可能已經不在人世間了，而她恐怕還是會對住在這個地方的人，伸出她的魔爪吧？

一想到這裡，阿吉將兀自滴著血的手指，朝桃木劍一滑。

如果可以的話，阿吉也不想要這樣。

這便是第三階段，只要這一劍下去，肯定可以徹底消滅眼前的女鬼，因此第三階段正是「滅」。

「不！」女鬼也知道自己即將面對的命運是什麼，跪在地上苦苦哀求著阿吉，她淒涼地哭著說：「不要滅我。」

阿吉看著她，臉上沒有太多情緒。

這時徐馨出現在阿吉的後面，阿吉轉過來對徐馨說：「只要妳點頭，我就可以滅了她，讓她從此消失。」

女鬼聽了，一對水汪汪的眼睛看著徐馨，正準備用自己最淒慘的聲音求饒，誰知道還沒開口，徐馨就先問了阿吉。

「奶奶，」徐馨的雙眼充滿哀傷地說：「就是被她殺害的嗎？」

聽到徐馨的問題，女鬼絕望地低下了頭。

阿吉點了點頭。

「滅了她，」徐馨沉吟了一會說：「奶奶也不會活過來，對吧？」

「是的。」阿吉沉痛地回答。

「可是放過她，」徐馨皺著眉頭說：「她一定會繼續害人，對不對？」

「不！」女鬼哀號道：「我不會再害人了，渡我，這次我一定會回去屬於我的地方，不會留在人世間害人了！渡我！求求你們！大師！放我一條生路吧！」

女鬼一邊說，一邊不斷地向兩人磕頭。

曉潔在旁邊看著徐馨的側臉，此刻的她一雙眼睛充滿了淚水，卻仍然故作堅強地看著女鬼。

看到徐馨這模樣，真的讓曉潔心如刀割。

「那就放過她吧，」徐馨抿著嘴說：「只要她不會繼續害人。滅了她……我想奶奶也不會高興的。」

說到這裡，徐馨再也忍不住，轉過身去，偷偷拭去那從眼眶中流瀉出來的淚水。

「這是妳最後的機會，」阿吉沉著臉對女鬼說：「如果妳再不受渡，我保證會回來滅了妳。」

女鬼低著頭，緩緩地點了點頭。

阿吉用下巴比了比，示意她走吧，女鬼也慢慢地沉入地板之中。

功力全失的她現在已經不能再作亂了，接下來阿吉會請附近的廟宇，前來這邊進行一場盛大的法事，整起事件就可以算是落幕了。

就算女鬼真的不肯受渡，現在失去功力的她，阿吉自然也有辦法對付得了她。

總之，整起事件到這裡也算告一段落了。

見到女鬼離開之後，阿吉終於鬆一口氣，坐倒在地板上。

「阿吉哥，」徐馨見阿吉突然坐倒在地上，還以為阿吉是受了傷的緣故，立刻上前一臉擔憂地問：「你受傷了，沒事吧？」

阿吉見到徐馨這樣，立刻瞇起眼睛，臉上浮現出痛苦的表情。

曉潔手盤於胸前，她一眼就看出阿吉又在裝死了。

「他死不了的。」曉潔在旁邊冷冷地說。

「不，」阿吉伸長了脖子，一臉痛苦地說：「我好像喘不過氣了。」

曉潔聽了整個眼睛都快要白到翻掉了，但是徐馨完全不了解阿吉，因此一臉非常擔憂地不知道該怎麼辦才好。

阿吉用手比著嘴巴，似乎在示意徐馨該怎麼做。

徐馨見了，先是猶豫了一下，然後深吸一口氣，突然，旁邊一隻手伸過來，朝著阿吉的腰際狠狠地捏下去。

阿吉被這突如其來的一捏痛到跳了起來，叫道：「什麼鬼？」

「你不揩油會死嗎？」曉潔鐵青著臉說：「我想起來了……你還欠我一腳……上次的那一腳。」

聽到曉潔這麼說，阿吉的臉都綠了。

「唔，」阿吉一臉尷尬地說：「很晚了，我想大家還是趕快回家吧。」

阿吉說完，立刻朝門外衝出去，曉潔見了也立馬追了出去。

「別跑！」曉潔叫道：「還我的一腳！」

屋子裡面，只剩下徐馨一個人，一臉錯愕地看著門外。

「妳冷靜點！」公寓樓梯間傳來阿吉的聲音叫道：「別忘了我也是妳的救命恩人啊！」

「所以讓我踢一腳就好！別跑！」

曉潔的話語也迴盪在樓梯間，形成了一波又一波的回音。

第3章

1

這次的事件，雖然曉潔實際上並沒有做什麼累人的事情，那個地惑魔更不是針對她而來，但經過一整晚的折騰，也真的讓她感到筋疲力盡了。

為什麼最近老是遇到這種莫名其妙的鳥事呢？

回到家躺在床上的曉潔，又再度回憶起了上一次的恐怖經歷。

兩個多禮拜前——

曉潔坐在昏暗又極為吵雜的 KTV 包廂之中，望著面前偌大的螢幕，腦海逐漸空白。

就好像進入了真空狀態一樣，曉潔靜靜地定在那裡，絲毫沒有半點準備，自己的人生即將有了毀滅性的徹底改變。

房間裡面，還坐著其他幾位女同學，正跟著螢幕上的歌詞，一起放聲歌唱，即便手上沒有麥克風也不打緊。

曉潔就這樣愣愣地坐在沙發的中間，跟周圍的景象有著強烈的對比。

今天是開學的第一天，一個對學生來說，宛如世界末日的日子。

在這樣的日子，不好好放縱一下自己，實在說不過去。

尤其從這個學期開始，眾人就得面對即將迎面而來的升學壓力，因此這票高一同班的姊妹淘，才會選擇在今天放學後，一起來到這間小包廂高歌一曲，紓解壓力。

俗話說得好，小別勝新婚，除了用在愛情之外，對於這些久沒見面的姊妹淘來說，也一樣適用。

今天的約會，早在暑假還沒開始之前，大家就已經約好了。

原本以為即使高二必須面臨分組分班，大夥還是會同班，誰知道曉潔卻被分到了跟大家不同的班級，這點當真是出乎眾人的意料之外。

大夥所就讀的J女中，私底下一直都有能力分班是眾所周知的祕密，而這群姊妹淘之所以會成為死黨，多少跟成績有點關係。

在高一的時候，每次段考將近，大夥都會一起前往曉潔家中準備考試。

曉潔的父母在曉潔上了國中後便因工作的緣故長駐國外，因此偌大的家中，常常都只有她自己一個人在家。

對於這點，身為獨生女的曉潔也早已習以為常。

比起外面的圖書館或K書中心之類的地方，曉潔的家要舒適太多了，不需要跟別人搶位子，也沒有一堆規矩，因此大夥總喜歡跑來曉潔家中一起準備考試。

一來若課業上有疑問，有人可以一起討論，另一方面大夥一起讀書，也比較容易感染讀書氣氛，念起書來比較不會那麼苦悶。

曉潔的家境頗為優裕，這也是雙親所能給予她最好的庇護。

姊妹淘們總是說超級羨慕曉潔，家境不錯又沒有父母囉嗦，但是曉潔內心的酸楚，不是別人可以理解的。

畢竟雙親因為工作而長期待在國外，一整年下來能見到面的日子，恐怕不超過一個禮拜。

剩下的時間，幾乎都得自己想辦法。

這就是父母不在，一個人必須學會自立自強的悲哀。

不過曉潔倒也不是個自憐自艾的人，拜這樣的生活所賜，曉潔比起其他同學來說，不管是思想還是行為，都顯得更成熟、更獨立。

而也正因為這樣特別的「讀書會」，讓這群姊妹淘的成績一直都維持著一定的高水準，因此大夥本來預期分班後大家還會同班，繼續這美好的傳統直到高中畢業。

誰知道最後公布分班名單的時候，成績最好的曉潔竟然跟其他人不同班。

這當然免不了眾人的一片譁然，但是曉潔本人倒是不太在乎。

「在發什麼呆啊？」

一個聲音將望著螢幕發呆的曉潔拉回了現實，曉潔笑著搖搖頭。

說話的是坐在曉潔旁邊的于欣，她皺著眉頭看著曉潔，即便曉潔已經搖頭表示自己沒事，但是于欣仍然一臉擔心。

這時前面的螢幕一閃，一首新歌又再度浮現在螢幕上。

畫面才剛顯示出歌名，立刻有其中一位女同學叫道：「我的歌！」從旁人手上接過麥克風之後，立刻陶醉在前奏的音樂裡面，準備好好高歌一曲。

「我還是不能接受妳跟我們不同班。」于欣對曉潔說。

這句話今天已經聽過不知道多少次了，光是于欣就講了兩次，而每次曉潔都是一貫無奈的笑容。

「聽我們老師說，」因為另一個同學的高歌，讓于欣只能靠在曉潔耳邊說話：「妳們班導好像就是那個專門只帶高二的老師。」

「是這樣嗎？」曉潔狐疑地皺著眉頭說。

今天早上是曉潔第一次見到自己班上的導師，對於他的印象，曉潔只有四個字可以形容——失望透頂。

尤其每每想到他竟然是用那種方式教自己最喜歡的國文課，就讓曉潔感覺到絕望。

因此聽到于欣這麼說，雖然有點狐疑，但是內心總算也有點安慰。

——至少只要忍受一年就好了。

一般來說，升上高二經過分組與分班之後，都會由同一個導師從高二一路帶到畢業，不過在許多情況的考量下，這可能只是個微不足道的特例吧？

當時的曉潔沒有、也不想去多想什麼。

「別說這個了，」曉潔揮了揮手說：「聊點別的吧？」

「聊什麼？」于欣瞪大眼反問。

「我怎麼知道，」曉潔笑著說：「經過了一個暑假，可以聊聊大家有沒有什麼變化之類的啊，隨便聊什麼都比我的導師有趣。」

曉潔搖了搖頭。

「說到變化，」于欣拍了一下手說：「妳有看到小米嗎？」

「她剪短髮了！」于欣叫道。

曉潔笑著皺起眉頭來，畢竟對女學生來說，經過一個暑假，剪個頭髮或者是換個新眼鏡，好像也沒什麼，實在不需要像于欣這麼驚訝才對。

「剪頭髮應該不算什麼……」

「沒有！」于欣瞪大眼說：「小米剪得超短，短到爆開！我跟妳說，我跟她隔了三排都還能看到她的頭皮，大家剛看到的時候也都傻眼了，佳華那個芭樂還說她可能跟男生一樣跑去成功嶺當兵了。」

這時坐在曉潔另外一邊的女生聽到了，也加入對話，猛點頭說：「對！她真的是超誇張的！那根本已經快要跟光頭沒兩樣了。」

「為什麼要那麼想不開啊？」曉潔瞪大眼笑著問：「妳們沒問她嗎？」

聽到曉潔這麼問，兩人臉上原本盈著滿滿的笑容，頓時僵住。

兩人互看一眼之後，于欣搖搖頭說：「沒問……聽小惠說，小米好像暑假的時候撞邪了。」

「真的假的？」曉潔皺著眉頭說：「不要亂講啊。」

就在曉潔這麼說的時候，四周的音樂突然沉靜了下來，三人因此嚇了一跳，轉過去一看，才看到原本還很陶醉地唱著歌的同學，把音量關小，準備加入話題。

畢竟小米撞鬼的事情，可是今天最大的八卦，因此其他人也紛紛湊過來。

「是真的！」那個剛放下麥克風的同學激動地說：「聽說她暑假的時候，跟芳一一起去聯誼，結果那些男生帶她去夜遊，就在山上卡到的。」

芳一是眾人高一時候的同學，因為班上有兩個同學都叫做靜芳，為了區別兩人，其他同學將其中一人稱為芳一，另外一人稱為芳二，後來甚至連導師也這樣稱呼她們。

對於鬼魂之說，當時的曉潔就跟一般高中女生一樣，沒有鐵齒的勇氣，也沒有真實的經歷。

「卡到陰真的需要剃頭嗎？」曉潔側著頭說：「我沒聽說過耶。」

「有，」于欣用力地點頭說：「我以前有聽人說過，好像就是頭髮怎樣的，會吸引鬼魂。」

「那現在小米怎麼樣了？」曉潔問。

「誰知道，」于欣聳了聳肩說：「看起來就只是剃了光頭，其他好像還好，不過大家都不敢去問她，我們也是聽小惠說的。」

「我覺得應該是小惠亂蓋的，」其中一位女同學不以為然地說：「上次跟她去 KTV 也是這樣，她就一直說一些 KTV 的鬼故事。」

「什麼 KTV 的鬼故事？」另外一位女同學叫道：「我想聽。」

其他人一聽也跟著鼓譟起來，只有本來就比較膽小的于欣有點排斥，但是在大夥的鼓譟之下，只能不情願地接受。

眾人就這樣開始說起了鬼故事，就好像一群老人家試圖想要抓住青春的尾巴那般，這群小女子選擇在鬼月最後的幾天，享受著這一年一度可以符合時節的驚悚感。

眾人先講了一個關於廁所中走出來的服務生，再來一個結帳時才發現剛剛歡唱的時候多了一個人的鬼故事。

光是第一個故事，就已經讓這群女孩全部擠成一團。

在鬼故事之後，大夥已經有了草木皆兵的恐懼感，不知道又是誰提議的，她們決定點一些傳聞中，有「鬼影」出現的 MV 來看看。

就這樣，她們先點了〈愛是甜的〉，看到了那躲在後面偷看的小男孩，然後又點了〈掌心〉，看了二樓那扇自行緩緩關閉的窗戶，最後還看了〈玫瑰園〉那突然從鏡頭前面飄過的影子。

每一次關鍵的畫面來臨時，大夥總是一邊尖叫，一邊緊緊地抱在一起。

就在大夥心滿意足，準備以此劃下這次聚會的句點，開始紛紛拿起自己的東西時，大螢幕的畫面一閃，一支陌生的 MV 出現在電視螢幕上。

「誰點的啊？」

眾人面面相覷，但卻沒有任何人承認點過這首歌，更莫名其妙的是，螢幕上面並沒有任何字幕顯示此時播放歌曲的名稱。

前奏就這樣在大夥面面相覷的同時，開始緩緩從喇叭中流瀉出來。

那前奏聽起來有點哀傷，而且跟一般流行歌曲不太一樣，是用類似二胡那種古樂器拉出來的音調。

所有人頓時停止動作，氣氛瞬間變得詭譎。

「切掉！」

不知道是誰突然驚慌地叫道，彷彿如果讓歌曲開始，就會發生不好的事情一樣。

這時坐得離控制台最近的同學，快速地按下了切歌鈕。

一般來說，只要一按下去，歌曲不管進行到任何地方，都會立刻中斷。

但是，這首歌卻沒有因為這樣而中斷。

螢幕上面仍然是那首沒有人點過，不，甚至是沒有人聽過的 MV，更詭異的是，這首 MV 甚至連歌詞都沒有，只是不斷演奏著那有點怪異又有點陰沉的曲調。

大夥慌成一團，眼看控制台切不了歌，其中一個女同學拿起了遙控器，試圖用遙控器來切歌，卻也沒辦法阻止它播放。

畫面上，原本只是拍著一間擺設簡單的古老房間，這時突然出現了一個黑色的影子。那影子看起來就像是一個男人坐在木製床邊，朝著鏡頭望，但是因為畫面模糊也無心細看，眾人根本沒看清楚那黑影男子的長相。

一陣尖叫聲之後，大夥紛紛朝門口奔去，所有人幾乎在同一時間抵達門前，然而門就那麼大，本來也不是設計給那麼多人一起通過的，所有人同時都想擠出去，反而全部被卡在門框裡。

極度的恐懼讓這些女學生失去了理智，每個人都只求可以早一點離開這間恐怖的包廂，以至於一時之間竟然沒有半個人願意退下。

恐懼感彷彿火上不斷加熱的滾水，在眾人心中沸騰，這群女生完全顧不得形象，即使頭髮亂了、衣服皺了還是硬塞，只求早一秒逃出這個恐怖的包廂。

在經過將近一分鐘的努力，大夥終於在一整團的一起擠出那可憐的門口之後，全部摔倒在地上。

而就在擠出門的同時，曉潔不自覺地回過頭，原本想要確定一下有沒有同學或者私人物品被遺落在裡面，誰知道一回過頭，只見原本眾人所坐的位子上，那個黑影就在那裡。

原本應該在螢幕裡面的那個黑影，此刻竟然出來了……

2

為了逃離恐怖的包廂，大夥擠成一團，一起摔出了門外，彷彿發生動亂般的撞擊與哀號聲，驚動了該樓層的服務人員。

大家七嘴八舌地說著裡面鬧鬼的事情，結果服務生進去看，卻沒有看到任何異狀。

然而眾人誰也不敢再踏進去那間包廂，因此只好在走廊上買了單之後，各自回家。

在跟同學們告別之後，曉潔一個人搭乘捷運，踏上回家的路。

由於已經過了下班時間，所以捷運裡面的人潮並沒有很多。

然而或許是因為剛剛在 KTV 裡面的事情太過於震撼，尤其是最後一首 MV 的情景，讓曉潔感到有些心神不寧。

走在路上，往來的人潮雖然讓曉潔的內心安定很多，可是卻有一種奇怪的感覺縈繞在心頭。

轉過頭去確認，身後的人潮依舊隨著各自的方向，來來往往，沒什麼異常，心中那種奇怪的感覺也跟著消失，但是當曉潔將頭回過來，那種感覺又浮上心頭。

踏入捷運車廂之中，那種感覺還是非常強烈。

曉潔站定之後，透過車窗看著月台。

另外一個方向的列車也到站了，月台上的乘客也開始陸陸續續走入車廂之中。

就在這個時候，曉潔注意到了。

在不斷湧入車廂與走出車廂的人潮之中，一個男人就這樣動也不動地站在那裡，在這片人海之中，顯得特別突兀。

曉潔跟那人之間有點距離，因此只能看到個模糊的身影。

曉潔所搭乘的捷運列車開始緩緩行駛，那個人依舊動也不動地站在那邊的月台上。

如果不是今天晚上的事情讓她心神不寧，想必這樣的男人一點也不會引起曉潔的注意吧？

一切都怪今晚的鬼故事，真是天下本無事，庸人自擾之。

曉潔苦笑了一下，不再看著月台上的那男人，將眼光轉到了車廂裡面。

雖然車廂中，人潮並不算擁擠，可是每個位子上都已經坐滿了人，如果到其他車廂找一下，應該還是可以找到座位吧。

曉潔這麼想的同時，眼光也順著移動到了隔壁的車廂，就這麼一望之下，曉潔覺得自己的心跳也跟著漏了一拍。

只見那個應該還在月台上的男人，似乎已經搭上了這班捷運，且此刻就站在隔著兩個車廂的走道上。

他站在那裡，兩隻手垂放著，沒有抓住任何拉環或扶手，直直佇立在走道中間。

雖然兩人之間還隔著兩個車廂，但是曉潔仍然感覺到無比的恐懼。

曉潔回過頭，只想跟男子保持距離，因此朝著反方向的車廂走去。

一連過了兩個車廂，猛一回頭，那男人也跟著靠近了兩個車廂。

那男人到底想要幹嘛？

曉潔不敢多作停留，立刻朝另外一節車廂而去，只是不管曉潔什麼時候回頭，那男人總是以同樣的姿勢佇立在那裡，沒有任何走動的跡象，但兩人之間卻始終只隔了兩個車廂的距離。

很快的，曉潔來到了最末端的車廂。

兩人之間，陷入了一場詭異的對峙。

靠著車廂最末的牆壁，曉潔心想著，如果那男人朝自己這邊來，哪怕只移動一個車廂，自己可能都會尖叫出來。

還好，一直到列車抵達曉潔的目的地，男人都沒有輕舉妄動，兩人始終隔著兩節車廂的距離。

一到站，車門一打開，曉潔就好像逃命般地奪門而出。

曉潔幾乎以跑步的方式，衝出了捷運站，然後一路朝著自己的家奔去。

跑著跑著，曉潔還是不安地回過頭，不回頭還好，一回頭又看到了那個男人佇立在路上的模樣。

這一看讓曉潔叫了出來，腳下更是不敢有半點停留，一路狂奔。

一直到進入了自家公寓大門，曉潔才稍微安心一點。

曉潔所住的大樓，有二十四小時的保全，因此比較不用擔心那男人跟進來。

踏入家門之後，曉潔才真正鬆了一口氣，倒在家裡的沙發上氣喘如牛。

等到氣息逐漸回穩之後，回想剛剛的一切，恐懼感已經不復存在，反而有點自己嚇自己的感覺，讓曉潔不自覺地笑了出來，驚訝自己竟然會這麼膽小。

一邊笑著自己的膽小，一邊將書包拿起來的曉潔，不自覺地朝窗外看了一眼，就這麼一眼，曉潔的臉色驟變，那恐懼的表情又再度襲上了曉潔的臉龐。

——那男人就佇立在路口。

看到男人還站在那裡，讓曉潔原本好不容易安定下來的情緒，立刻又被恐懼給包圍了。

他到底想要怎樣？

曉潔不停地問自己，不解為什麼這男人要這樣跟著自己。

可是不解歸不解，曉潔不可能有那個勇氣去問個明白。

因為這個男人的緣故，曉潔徹夜無眠，而男子也在路口站了一夜。

掙扎了一夜，曉潔也有過報警的念頭，但是最終都沒能實現。

畢竟，那男人就只是一直站在樓下，甚至連自己在外面的時候，也不過是像同路般跟著她，就算報警，警察似乎也不能怎樣。

只是曉潔作夢也沒想到，在那之後，這個不速之客，彷彿就成了曉潔生命的一部分。

不管什麼時候，那男人都跟曉潔保持著一定的距離，曉潔進、男子便進，曉潔退、男子便退。

無奈曉潔卻什麼也不能做，只覺得這樣持續下去，自己真的快要瘋了。

新學期不但有很多全新的挑戰，被選為班長的曉潔，也有很多事情需要處理，現在還得要面對這個隨時都會出現在某個角落，讓曉潔內心為之一沉的男人。

不管什麼時候，驀然回首，曉潔總能發現那男人的身影。

走在回家的路上，默默地回過頭，那人總在人潮中佇立。

上課的時候，朝窗外一看，那人總會佇立在學校圍牆外的路上。

回到家中，不管走到哪個窗口朝街上看，那人總會佇立在馬路上。

一開始他還是遠遠的，但隨著日子一天天靠近，那個男人跟自己的距離也一天天慢慢地拉近。

可是不管多靠近，曉潔總是沒辦法看清楚那男人的臉。

更讓曉潔感覺到不寒而慄的是，不管男人身處何處，突兀地站在一處不應該有人出現的河堤邊，或者是上課時間出現在不應該有校外人士進出的操場上，都沒有任何人對男子有任何反應。

「妳有沒有看到那邊那個男的？」

「哪個男的？沒有啊。」

每當曉潔問起別人，總是得到這樣的答案與狐疑的眼神，在連續經過幾次這樣的經驗之後，曉潔連開口問其他人的勇氣都沒有了，深怕還沒解決那個男人的問題，自己就已經先被人當成神經病了。

曉潔覺得困擾萬分，卻也當真是莫可奈何，於是，事情也演變得越來越一發不可收拾。

一天，就在老師打開教室前門的瞬間，曉潔叫了出來，她又看到了那個男人。

只是這一次，那男人並不是在西側那個通往大馬路的窗外，也不是在遠處人來人往的街上，而是站在班級門口的走廊上。

這一次，曉潔雖然仍然無法看清楚男子的長相，但是卻可以清楚地看到，男子一雙翻白眼的眼睛，就這樣直直地瞪著自己。

3

除了自己之外，沒人看得到那個男人。

在確定了這點之後，曉潔可以說是徹底的慌了。

她不知道該怎麼辦才好。

就算是報警，可能也只會被當成瘋子吧？

與男子之間的距離已經拉近到剩下不到十公尺了，曉潔根本不敢回家，深怕這樣的距離之下，回到家那男人說不定會出現在自己的家裡面。

無路可走的曉潔，只能無助地走在街上，不敢回過頭，只是低著頭，一直在街上晃。

等到回過神來的時候，曉潔發現自己的腳步正停在一間廟宇前面。

在廟口的旁邊，立著一個木牌，上面寫著「專業收驚」。

不知道為什麼，本身沒有什麼宗教信仰的曉潔，感覺自己好像漂泊在海上好幾年的船隻，終於看到了燈塔的光明，又好像是溺水中的人，找到了一塊浮木般，雙眼為之一亮。

幾乎沒有半點考慮地踏入廟宇之中，可是看著空蕩蕩的廟宇，只有偶爾一兩個工作人員經過大堂，曉潔一時之間根本不知道該怎麼做。

「妳在找人嗎？」一個男子的聲音在身邊響起。

曉潔轉過頭去，看到說話的是一個留有兩撇小鬍子的中年男子。

曉潔一臉猶豫，不知道該怎麼述說自己的情況，掙扎了一會之後，只能搖搖頭。

當然，曉潔的情緒全部看在男子的眼中。

「妳是不是遇到什麼困難了？」男子說：「我是這間廟的師公，如果有什麼我可以幫忙的，可以跟我說說看。」

聽到這個自稱為師公的男子這麼說，曉潔的眼淚簡直就快要噴出來了，用力地點了點頭。

師公帶曉潔到旁邊的辦公室，曉潔將自己的情況全部告訴了師公。

「妳這情況很常見啦，」聽完曉潔說的話之後，師公一派輕鬆地說：「這就是我們常說的卡到陰，我就說啊，你們這些年輕人，整天沒事幹，跑去唱歌不好好唱歌，講什麼鬼故事，要知道這種事情啊，平常就應該存著敬畏的心，不要隨便拿來開玩笑。」

被師公教訓的曉潔，只能低著頭，就好像被老師責備一樣。

「放心！妳這個算小 case，我做個法就會沒事了，」師公拍了拍胸脯說道：「不過，這個香油錢可能需要妳貢獻一點……」

聽到師公這麼說，曉潔不免有點擔心地問道：「要多少？」

「香油錢當然都是看心意啦……」師公突然變得宛如推銷員般說道。

曉潔根本不知道這種所謂的心意應該要給多少，可是師公似乎也沒打算直接開價，因此曉潔也只能試探性地問：「一、兩千……可以嗎？」

一聽到曉潔的話，師公立刻沉下了臉說：「不過像這種的其實是有行情啦，至少……三萬。」

三萬對一個普通高中生來說，絕對不算小數字，曉潔聽了有點遲疑，心想不知道可不可以殺點價。

豈料曉潔才剛開口，師公立刻皺著眉頭說：「最好不要跟我爭辯啊，這樣會影響我施法的品質。」

曉潔的父母，因為長年在海外工作，只留下這個獨生女，因此有特地給曉潔一筆錢，讓她臨時急需用錢的時候使用，加上這幾年的暑假，曉潔都有在外面打工，自己也有點積蓄，因此三萬元也不是完全沒有辦法。

雖然說三萬元對曉潔來說，不是什麼小數目，但是現在生死交關，那男人已經距離自己不到十公尺，今晚自己可能連家都回不了了，因此只好點頭答應。

不過曉潔身上並沒有帶那麼多現金，因此跟師父問了附近的提款機地點之後，先行離開廟宇，去提領收鬼所需要的三萬。

曉潔前腳才剛走，旁邊一個在廟宇負責打掃的阿伯，立刻走到師公身邊。

「你這樣跟人家說，干妥當？」那阿伯皺著眉頭說。

畢竟阿伯已經在這裡工作十幾年，這些年來，他可沒見過師公有什麼抓鬼的本事。

「放心啦，」師公笑著說：「你還真相信這檔事啊？魔由心中生，我只要做做法事，照本宣科，一定可以唬得她一愣一愣的。到時候，我相信一定可以讓她覺得自己被淨化了，她可以安心睡個好覺，我可以快樂數著鈔票，不是天公地道，闔家歡喜嗎？」

不久之後，曉潔真的在附近的提款機領出了自己積蓄中的三萬元，並且將它交給了師公。

師公還裝模作樣地搖搖手，嘴裡說著自己是不管錢的，執意要曉潔將錢交給廟方人員。

接著，師公帶著曉潔來到廟宇後方，那裡已經設好了祭壇，師公讓曉潔站在祭壇前面，開始了一場煞有其事的驅邪儀式。

整個儀式，就在師公唸著天兵天將東西南北天兵營等，不管什麼都有個天字的咒文之下，草草繞了幾圈，拿著桃木劍比劃了幾下之後，就結束了。

雖然曉潔半信半疑，但是法師說得非常有自信的模樣，讓曉潔就算想要質疑，也不知道該怎麼質疑起。

曉潔離開廟宇之後，特地左右張望了一下，真的沒有發現那個宛如跟蹤狂的男子，於是便興高采烈地踏上了回家的路。

而廟裡面，也為了這筆意外的收入而開心不已。

雖然那位師公只是個鐵齒的法師，根本沒有學過什麼抓鬼驅魔的功力，但是他也不算完全欺騙曉潔。

畢竟那些比劃跟碎碎唸，本來就是擷取自一些真正法師在施法時候的動作與口訣，因此多少也有一點功效。

只是，身為師公的他卻忽略了一件事情。

即便他本身沒有半點功力，但是那些長期祭奉在廟裡的法器以及他模仿的咒文跟驅邪動作，對好兄弟們來說，雖然不見得有什麼強大的威力，但也算是忌器。

如果事情真的跟他自己所說的一樣，曉潔是因為說了鬼故事而得罪了鬼魂，那麼他的行為，恐怕是有過之而無不及。

就好像一個拿著刀的人在你面前揮舞一樣，不見得揮得到你，但那挑釁的意味，卻是十足。

光是這一點，就足以讓師公後悔一輩子了。

不管那個師公是不是有真本事，那晚，在半信半疑的心情之下，曉潔終於睡了一夜好眠。

然而那位師公就沒有那麼好運了，大約在凌晨時分，一陣尖叫聲吵醒了廟方上下所有的人員，整座廟宇頓時陷入一陣恐慌，只是沒人知道到底發生了什麼事情。

經過清點，眾人發現師公失蹤了，於是一陣兵荒馬亂地開始找起那位師公。

最後他們發現師公死在廁所裡面，頭被人塞入了馬桶中，屁股還插著一把桃木劍。

當警方幫師公將頭從馬桶中拔出來時，眾人才赫然發現，師公的嘴巴被塞滿了專門用來寫符的黃紙。

最後驗屍報告顯示，師公的死因是「溺斃」，但是真正的死因，只有昨天勸師公不要亂來的那位廟方人員才知道，師公的死，是因為鐵齒而得罪了自己不該得罪的東西。

第4章

1

「他已經死了。」

掛上電話之後，對方最後的一句話還迴響在曉潔的耳邊。

原本還以為，在經過昨天的師公作法之後，自己終於擺脫了這些日子以來，好像跟蹤狂般一直跟著自己的男子，但是在快要放學的時候，當曉潔回過頭看向教室後方的時候，竟然又看到了那個熟悉卻讓人不寒而慄的身影，再度出現在自己的眼前。

這一次，男子已經進入教室裡面，冷冷地站在教室的後面。

當然跟過去的幾次一樣，除了曉潔之外，根本沒有任何人見到這個男人。

曉潔整個人都快要崩潰了，下課鐘聲一響，曉潔立刻跑到廁所裡面，照著昨天師公給自己的名片打電話到廟裡面，卻得到了師公已經往生的消息。

雖然沒有任何證據顯示，師公之死與那個一直跟自己的男鬼有關，但是曉潔仍然覺得兩者之間絕對有直接的關係。

想不到連廟裡面專門為人收驚、驅邪的師公都被殺掉了，自己又怎麼能夠對付這樣的鬼魂呢？

曉潔感到絕望，甚至覺得自己可能連今晚都無法度過了。

才剛走出廁所，迎面而來的一位同學告訴曉潔，班導洪老師正在找她。

被選為班長之後，類似這樣的情況並不罕見，尤其導師有什麼事情需要交代，往往都是找曉潔過去辦公室。

只是面對今天這樣的情況，曉潔一點也不想去見那位中年宅大叔，可是身負著職務，不管多麼不願意，曉潔還是得去。

此刻已經是放學時間，所以辦公室裡面到處可以看到幾個老師與學生來來去去，而洪老師就坐在自己的位子上，低著頭不知道在處理什麼事情。

曉潔走過去，對著洪老師說：「老師，找我嗎？」

「喔，」洪老師低著頭，完全沒有望向曉潔這邊，只是點頭道：「妳來啦？」

廢話，不然是鬼來了嗎？

曉潔心中沒好氣地回道。

現在的曉潔，實在沒有心情跟洪老師在這邊瞎耗，偏偏洪老師卻仍然低著頭，繼續做自己的事情。

「有什麼事情嗎？」曉潔壓抑著自己的情緒問道。

「事情……」洪老師又點了點頭說：「對，就是妳最近……好像有點……臉色不太好，妳沒什麼事情吧？」

啥？就為了這樣把我叫來辦公室？

曉潔內心吶喊著，卻勉強擠出了一抹笑容搖搖頭說：「如果是說昨天的事情，我已經沒事了。」

曉潔所說的昨天的事情，指的是因為看到那男子突然出現在走廊而叫出來的事情，當時真的嚇壞了其他同學，也讓曉潔花了很多時間去解釋，好不容易才讓大家不至於覺得她瘋了。

「不是昨天，」洪老師搖了搖依然低著沒有看曉潔的頭說道：「應該是……開學第二天開始吧，妳的臉色就很不好。」

說到這裡，洪老師終於抬起頭來，但卻仍然不是看著曉潔，而是東張西望地看著辦公室的情況。

而聽到洪老師這麼說的曉潔，一時之間不知道該哭還是該笑，想不到這個感覺從來都不正眼看人的洪老師，竟然也可以注意到自己的狀況？

當然此刻的曉潔，一點也不認為洪老師可以清楚知道自己從開學以來所遇到的事情，不過曉潔也不能否認，在那天過後，自己總是疑神疑鬼，三不五時就會回頭找尋著那個讓人恐懼的身影，看在外人的眼中，可能真的就是有點怪怪的。

就在曉潔想找個理由搪塞過去的時候，洪老師突然站起來，並且將一張紙強行塞到曉潔手中。

「妳已經命在旦夕，如果想要活命，就到這個地方，找一個叫做阿吉的人。」

洪老師突然低聲說出這麼一句話，然後下一秒鐘，立刻坐了下來，並且再度低著頭。

沒等到曉潔反應過來，洪老師立刻又揮著手說：「好了，沒事了，趕快回家。」

搞什麼啊！

曉潔內心吶喊，那種感覺就好像在做什麼非法交易一樣。

不只有現在，事實上洪老師一直都讓曉潔有這種怪異的感覺。

如果真要叫曉潔說的話，她會認為洪老師可能這輩子都沒交過女朋友，不管什麼時候跟洪老師說話，她都覺得洪老師很緊張、驚慌，甚至會讓人覺得洪老師在嫌棄自己。

真的就好像那種一輩子都躲在電腦後面的宅男，一跟三次元的女生講話就會不知所措一樣。

也因此洪老師的言行舉止常常都讓曉潔覺得莫名其妙。

還沒辦法完全消化洪老師所說的話，就被洪老師趕走的曉潔，有點失神地走出校門，然後緩緩地轉過頭，那男人就在校門旁。

急著回家的學生們，彷彿兩條河流般，從男子的兩側流走，但是卻沒有半個人看向男子。

曉潔心中有種衝動，想要隨手抓一個正準備踏上回家之路的同學，把她拉到男子面前，好好質問她為什麼看不到那麼恐怖的一個人。

不過，曉潔知道就算她真的抓了一個人朝男子走去，男子也會自然向後退，一直跟曉潔維持著固定的距離。

曉潔回過頭來，低頭看著剛剛在辦公室裡，洪老師塞到她手中的紙。白紙黑字寫著一個與學校有一段距離的地址，現在的曉潔一點也不想回家，她不想要那個男人侵入自己的家中，更不想要在獨自一人的情況之下面對男子。

因此曉潔只好抱著一種死馬當活馬醫的心情，決定去洪老師說的地方探個究竟。

曉潔照著洪老師給的地址來到了目的地。

這裡怎麼看都像是一間跟昨天差不多的廟宇，差別大概就是這裡的門口，沒有寫著「專業收驚」之類的牌子。

這樣的廟宇，在台灣到處都可以看得到，沒什麼特別，更沒什麼值得曉潔一看之處。

或許就連昨天走投無路的曉潔，經過了這裡，也完全不會跟昨天一樣，進去求救。

或許這樣也好，曉潔想起了昨天的師公，如果當時自己沒有進去，他是不是就不會死了呢？

曉潔搖了搖頭，畢竟現在的自己真的是泥菩薩過江，自身難保了，實在沒有太多的心情去考慮那些自己壓根不可能會知道的事情。

既然都來了，多走幾步進去看看也不會少一塊肉。

曉潔深呼吸一口氣之後，走進廟宇之中，即便已經是黃昏時刻，廟裡仍然有許多工作人員忙進忙出。

曉潔看到在一旁有個櫃台，櫃台裡面有一個工作人員，曉潔決定去那邊問問看。

「阿吉嗎？」那個工作人員連看都沒看曉潔答道：「他去上班還沒回來。」

那人回答完之後，便轉身進入內室，繼續去忙他自己的事情。

沒辦法，既然人還沒回來，也只能等了，曉潔退到廟門旁，靜靜地等待著。

廟裡的香火還算是鼎盛，光是曉潔在門邊等待的半小時裡面，上門參拜的人也算是絡繹不絕。

只是不知道為什麼，來的人有幾個看起來都不像是一般的香客。

比起那些進廟求平安或求解惑的人來說，那些人看起來都更有廟方人員的味道，其中還有幾個穿著道士服的人進出，原本還以為是廟方人員，卻又看見那些人也跟著其他香客一起排隊。

看到這樣的景象，不免讓曉潔好奇，這間廟宇的來歷。

就外觀來說，廟宇本身是一棟四層樓的建築，前面一個廣場，廣場的外面有一扇鐵門，連接外面的巷道。

除了外側巷道之外，其餘三側都是公寓式的建築，因此讓這間廟宇有一種世外桃源的感覺。

第一眼看到這間廟宇的時候，雖然從格局跟外觀看起來，都比昨天曉潔造訪的那間廟宇要大上許多，可是因為其隱身於巷弄之內，一度讓曉潔以為這間廟宇的香火肯定少得可憐，加上建築物有點年代，感覺好像很可能過幾年就會消失、荒廢。

結果卻大出曉潔所料，不但香火鼎盛，而且從每個進香客都是一臉肅穆、虔誠的模樣看起來，感覺前來的人似乎都有點地位。

這不免讓曉潔好奇，這裡祭拜的到底是什麼樣的神明。

曉潔走到正殿前面，透過門口朝裡面看，只見在神壇上面，一尊神像佇立在中央。

即便對神佛不甚了解，但光是看見那尊神像，就會讓人不由得心生敬畏，曉潔也因此立刻聯想到了專門鎮邪驅魔的神祇——鍾馗。

在台灣的民間信仰之中，講到鍾馗就會讓人聯想到抓鬼，相傳鍾馗是唐朝年間一名科舉狀元，卻因為其貌不揚被嫌棄，不甘受辱的他當殿自盡，死後被加封並且成為驅魔伏妖的神尊。

而對這些陸陸續續前來進香參拜的法師們來說，拜鍾馗似乎是一件再正常不過的事情吧？

雖然心中的疑惑已經得到了答案，但是曉潔等待的人卻一直沒有出現。

天色逐漸昏暗了下來，曉潔正猶豫著要不要繼續等下去時，一輛名貴的紅色敞篷跑車，突然從廟口轉了進來，然後直接停在廟前的廣場。

不知道為什麼，曉潔有個強烈的預感，這輛車子上面的人，很可能就是自己等待已久的「阿吉」。

車門緩緩開啟，一名金髮青年下了車，青年戴著棕色鏡片的眼鏡，全身散發出一股時髦的氣息。

曉潔側著頭，雖然從外貌與裝扮來說，青年應該是曉潔不認識，甚至是沒見過的人，可是不知道為什麼，曉潔卻對這男人有種似曾相識的熟悉感。

青年下了車之後，看到了曉潔，便直接朝曉潔這邊走過來。

隨著青年越走越近，曉潔的臉色也越來越詭異，因為那股認識男子的感覺也越來越濃烈。

「妳就是我哥說的葉曉潔嗎?妳好，我是阿吉。」男子站定在曉潔的面前說。

然而，當聽到阿吉的聲音時，曉潔的臉上不再有詭異的表情，取而代之的是張大了嘴，一臉難以置信的模樣。

因為就在阿吉開口說話的那一剎那，曉潔終於知道眼前這個自稱阿吉的男子，的確是自己所認識的，而且還是一個自己幾乎每天都會見到面的男人。

2

雖然曉潔跟洪老師只相處了一個禮拜，但是以曉潔的觀察力來說，她實在不太可能認錯。

曉潔非常確定眼前這個看起來二十來歲，一頭金髮並且裝扮非常時髦的男人，不是別人，正是自己的導師洪旻吉。

「妳是怎樣？」阿吉上前，用下巴比了比曉潔說：「愣在那裡不說話只是瞪著我是怎樣？」

這個人就連說話的模樣都有點痞痞的，跟洪老師完全不一樣，但是曉潔非常確定，因此伸出了手，指著阿吉。

「洪老師？」

「不是，」阿吉搖搖頭說：「我是阿吉，妳們的洪老師是我哥哥。」

「不是！」曉潔用力地搖搖頭說：「你就是洪老師！你為什麼會穿成這樣？還有你的頭髮，為什麼是金色的？」

「妳這孩子是怎樣？」阿吉一臉不悅地說：「聽不懂人話嗎？」

想不到曉潔完全沒聽阿吉在說什麼，反而將指著阿吉的手放到自己的下巴，摸著下巴說：「難怪，我第一眼看到你，就覺得有什麼地方不協調，我知道了！你在學校的時候，頭上的那頂頭髮其實是假髮！難怪我就一直覺得哪裡怪怪的，原來你在學校的那些裝扮，根本就是假的，現在這才是你平常的打扮，而且我總覺得你的舉止之中，有種裝模作樣的感覺，只是按理來說，一般人都不會想要裝成那種拙樣，所以我才會沒有發現，原來那是為了要掩飾你平常的這個樣子。」

曉潔完全無視阿吉的存在，一個人自言自語地推論著。

「我說妳可不可以……」阿吉無奈地搖著頭說：「聽聽人家的話？不要自己一個人在那邊胡言亂語好嗎？」

聽到阿吉這麼說，曉潔立刻轉過頭來看著阿吉說：「胡言亂語？好！那我明天去學校就扯下你的假髮！看你還會不會冤枉我？」

「不准！」阿吉聽了立刻沉下臉來叫道。

「那你承不承認你就是洪老師？」

「不承認！」阿吉手握著拳叫道：「妳這是對老師，對我哥不敬。」

「所以現在是不管老師怎麼騙人，就算是個詐欺犯，只要他的職業是老師，身為學生的都得無條件敬重他囉？」

「就跟妳說哥哥是哥哥，我是阿吉，沒有什麼騙不騙的。」阿吉咬牙切齒地說。

「我想，如果真要調查的話，應該不難查出洪老師有沒有一個叫做阿吉的弟弟，」曉潔特地加強語氣說：「看在『尊師重道』的份上，我會先經過調查，確定我的推論屬實之後，再公告給全校知道，你覺得怎麼樣？」

「妳！」

「還是不承認嗎？」曉潔挑了個眉說。

「我死都不認！」阿吉叫道：「在學校外面我就是阿吉！」

「……在學校裡面就是洪老師。」曉潔點著頭說：「只是名稱不一樣而已啊！」

阿吉被曉潔說到漲紅著臉，將手盤於胸前冷冷地說：「妳到底是要來求我幫妳，還是要來冤枉我啊？」

「明明就是你叫我來的，」曉潔氣到快要說不出話來：「跟我說我命在旦夕，如果想要活命，就要來這裡找一個叫做阿吉的。」

「是、是，」阿吉已經懶得再吵下去了，無奈地說：「那現在呢？妳到底要不要我幫妳？」

聽到阿吉這麼說，曉潔又想到了那個一直跟著自己的男子，不禁回頭看了一眼。

在廟口廣場的鐵門外，那個男子依然陰冷地站在那邊。

「你知道我發生什麼事情嗎？」曉潔一臉狐疑地問道。

阿吉攤開手，一副「妳說呢？」的模樣。

「不要逞強啊，」曉潔抿著嘴說：「上一個師公說得好像很有一套，結果最後……」

「最後……？」

「……死了。」

曉潔不忍說出師公最後的下場。

「呼，」阿吉吹了聲口哨說：「那還真是恐怖啊，好吧！那就祝妳好運了，以我的經驗，妳應該活不過今晚了。」

阿吉說完之後，轉身頭也不回地朝自己的跑車走去，完全不理會那個因為過度驚訝而張大嘴，愣愣地站在原地的曉潔。

「你……！」曉潔氣到差點衝上去狠狠地咬阿吉一口。

阿吉卻仍然不理會曉潔的反應，獨自上車，發動車子之後，將那輛高調的紅色敞篷跑車開到了曉潔面前。

「還不上車？」阿吉一臉理所當然。

「去哪裡？」

「去看看妳在哪裡遇到鬼的啊。」

阿吉扮了張鬼臉，白了曉潔一眼，彷彿她問了一個非常蠢的問題。

不知道為什麼，看到這樣的阿吉，曉潔覺得自己好像隨時都會被他惹毛。

曉潔上了車之後，兩人開著車，朝上個禮拜曉潔跟同學們一起歡唱的 KTV 而去。

兩人之間的氣氛有點尷尬，畢竟面對這樣刻意變裝成年輕人的導師，曉潔一方面不知道該說些什麼，另一方面，也實在不得不去注意到一些小動作。

這些小動作都不停在提醒著曉潔，眼前這落差極大的年輕人，就是那個在學校駝著背，戴著黑框眼鏡，上課永遠都只照著課本唸的中年宅老師。

不過這同時也讓曉潔徹底了解到，打扮與言行對一個人的影響有多大。

「怎麼現在當老師的壓力很大嗎？」曉潔沒好氣地問。

「啊？」阿吉張大嘴，不解地回應。

「打扮成這樣，就是你紓壓的方法嗎？」

「我聽不懂妳在說什麼，」阿吉仍舊一臉裝蒜地說：「我是我，哥哥是哥哥，阿吉是阿吉，洪老師是洪老師，OK？」

曉潔白了阿吉一眼，看來阿吉打算裝蒜到底，讓她感到難以置信。

「妳這樣子，」阿吉一臉不以為然地說：「是怎麼拿全校第一名的？我看妳好像不怎麼聰明啊？」

曉潔瞪了阿吉一眼，冷冷地說：「既然你不是洪老師，那又怎麼知道我是全校第一名？」

「是、是我哥哥跟我說的。」

「是啦，」曉潔沒好氣地說：「你們兄弟感情真好，但是我敢打賭，你們兄弟倆肯定不能同時出現。」

「唔……」

阿吉被曉潔這麼說，又只能乖乖閉上嘴。

就在兩人的鬥嘴之中，那間KTV再次浮現在眼前。

不知道為什麼，曉潔已經看過這間KTV不知道多少次了，但是從來沒有一次的感覺像這次一樣，可以用毛骨悚然來形容。

3

「真的是這一間嗎？」

阿吉拿出一個電影中道士常常會用的羅經盤，仔細地在包廂附近走了一圈之後，皺著眉頭盯著羅經盤一陣子，抬起頭來一臉狐疑地問著曉潔。

曉潔點了點頭。

「妳會不會記錯了？」阿吉仍然是一臉不相信地問：「真的是這裡嗎？」

「是，」曉潔白了阿吉一眼說：「我不會記錯，我還可以告訴你當天我們坐的位子跟點過的歌……我的記憶力很好的。」

「嗯，」阿吉一反常態地點著頭，認同地說：「妳的國英跟史地確實不錯，不過數學就有點……」

曉潔漲紅著臉說：「以一個不是洪老師的人來說，你也知道太多了吧？」

「唔，」背對著曉潔的阿吉，身子震了一下說：「因為我跟我哥心靈相通，對，心靈相通。」

曉潔白了阿吉一眼，懶得在這邊跟他爭論下去了，因為就算阿吉露出再多的破綻，他都絕對是死不承認。

說真的，曉潔這輩子從來沒遇過像阿吉這樣的怪咖老師，要她用平常心去面對，實在很有難度。

阿吉突然挺起自己的身子，然後仍舊是一臉狐疑地環顧了包廂一周之後，從剛剛兩人提進來的塑膠袋裡面，掏出了三支香，接著同樣從袋子裡面，又掏出了一顆橘子。

看到這一幕，不禁讓曉潔懷疑那個塑膠袋裡面到底裝了多少奇怪的東西。

阿吉將三支香點了火，然後插在橘子上，看起來就好像在祭拜著什麼一樣，讓曉潔不自覺地皺起了眉頭。

「是不是妳記錯，」阿吉大剌剌地向後一躺，舒服地坐在沙發上說：「等等就會有答案了，這段時間看妳要不要點幾首歌來唱唱。」

「這種時候誰還有心情唱歌啊？」曉潔生氣地說著，又看到了桌上那顆插有三支香的橘子，搭上KTV本來就比較昏暗的燈光，一整個晦氣的畫面，實在讓人很難開口唱出什麼歌。

阿吉聳了聳肩，不再理會曉潔，自顧自地看著點歌機螢幕，似乎頗有想要點幾首歌來唱的意思。

看著阿吉的背影，曉潔的腦海裡面又浮現出洪老師在學校的模樣，或許真的把他當成洪老師的弟弟，自己的理智才不至於完全崩壞。

畢竟兩者之間有著天與地的差別，實在很難想像一個身心健康的人，可以有這樣兩張極端的面目。

「哎呀，」阿吉看著螢幕哀號道：「這是怎麼回事啊？」

覺。

「怎麼了？」

阿吉回過頭，一臉難以置信地說：「排行榜上面的歌，我竟然沒有一首聽過耶。」

曉潔以為阿吉有了什麼發現，誰知道他驚訝的事情竟然會是這個。

曉潔感覺到無比的無奈，不管怎麼看，眼前這個阿吉都比昨天那個師公更有騙子的感覺。

想不到自己的人生最後竟然會這樣毀了。

曉潔不禁為自己感到悲哀，低下頭用手揉著雙眼。

「你這樣不會很累嗎？」曉潔低著頭問。

「啊？」

「一人分飾兩角，」曉潔有氣無力地說：「有必要那麼累嗎？」

「啊？」阿吉嘴張得更大地說：「我說過很多次了，我是我，我哥是我哥。」

阿吉不累，曉潔都累了，反正自己很可能再活也沒多久了，不需要把生命浪費在這種唇舌之爭上，她揮了揮手，不想再對這話題有任何評論。

反正阿吉就是打死不肯認帳，靠著一張厚臉皮撐過去，當真是驗證了那句話「老樹無皮，必死無疑；人不要臉，天下無敵」。

眼看曉潔不再執著於同樣的問題，阿吉也識相地轉過去，繼續看著可以顯示出自己年代落差的點歌單。

「人啊，」阿吉看著點歌機螢幕說：「本來就有很多面貌，就好比一個人生活在這個社會上，上有高堂、下有子女，出門有朋友、工作有上司，對高堂要像個兒女，對子女要像個父母，對朋友要像個兄弟，對上司要拍盡馬屁。想要用一種態度就可以闖過人生的無數道關卡，不覺得太天真了點嗎？」

聽阿吉說得比唱得好聽，一時之間曉潔還真不知道該怎麼反駁。

畢竟阿吉所說的，也不是沒有道理，可是一般人都還在可以接受的範圍，很少有像阿吉這樣有著人格分裂般的落差。

「看樣子妳真的沒有記錯，」阿吉看著桌上的香，突然說道：「妳的確是在這裡遇到那傢伙的，不過……」

曉潔順著阿吉的眼光看過去，只見桌上橘子插著的三支香，已經燒掉了一大部分。

不過怪異的地方是，香燒得有點快，才不過短短幾分鐘，香已經燒了一大半，而且更怪的地方是，明明其中兩支香插得有點歪斜，但是燒成灰燼的部分，還是直挺挺的保留著香的原形，並沒有掉落。

曉潔仰頭看了一下空調，明明室內還有些微風，不至於完全沒有風，加上香都已經燒到了中段，按理說不管插得有多直，香灰也都應該已經掉下來了才對，但此刻桌上卻連一丁點香灰都沒有。

一旁的阿吉看著一臉疑惑的曉潔，伸出手示意她跟自己做同樣的動作。

只見阿吉用手將其中一支香的灰燼撚起來，然後在手上搓了一下。

曉潔也跟著阿吉一起，撚了一小段香灰到手上，才搓一下就立刻感覺到不對勁。

「這是怎麼回事？」曉潔看著手上的香灰，臉上浮現的是難以置信的表情。

畢竟在曉潔的認知之中，剛燒完的香灰不應該是這種觸感。

「這在我們這一派稱為濕灰，」阿吉將香灰拿到鼻尖聞一下，立刻皺著眉頭將手拿開說道：「香是連接陰陽兩界的橋梁之一，因此當陰間的鬼魂在一個地方現形作亂，都會在那個地方留下一些氣味，平常我們是聞不到的，但是只要透過香，就可以吸收到鬼魂的味道。會被稱為濕灰，一方面是因為這樣的味道會把香弄濕，另一方面就是染上死屍味道的香灰，簡稱『屍灰』的諧音。」

曉潔聽了之後，將手上的香灰舉到鼻下一聞，一股惡臭從手上傳來，讓曉潔作嘔。

「妳在這裡等我一下。」

阿吉說完也不等曉潔回應，站起身來就走了出去，整間包廂只剩下曉潔一個人。

曉潔整個愣在原地，空無一人的包廂，瀰漫著令人不安的恐怖氣息。

電視螢幕剛剛為了方便說話，因此關成靜音，雖然還有附近包廂傳來的些許歡唱聲，但卻絲毫不足以驅走那場夢魘所遺留下來的恐懼感。

實在很難想像，同樣的空間竟然能在短短的幾秒鐘之內，就有如此巨大的改變。

雖然阿吉很討人厭，可是曉潔此時此刻還是真心希望那傢伙沒有就這樣莽撞地衝出去，丟下自己一個人在這裡。

一個禮拜前，眾人在這間包廂講鬼故事、點鬼 MV 的景象全都浮現在眼前。

恐懼感就好像不斷蔓延的病毒般，慢慢侵蝕著曉潔的理智。

她害怕的已經不只是那個一直跟著自己的男子，感覺所有在包廂裡面的東西，都可以讓她膽戰心驚。

她害怕廁所，說不定會突然走出一個服務生，把她抓進廁所裡面。

她害怕沙發，說不定會突然多一雙手，將自己抓住。

她害怕電視，說不定又會有個男子或貞子，突然爬出來。

坐立難安的曉潔，心中浮現了想逃出去的念頭。

可是才走到門口，腦海之中又浮現出阿吉的臉孔，如果現在逃出去，肯定會被阿吉取笑。

這麼一想，立刻讓曉潔停下腳步。

比起心中的恐懼，她更不想要被阿吉瞧不起。

況且就算逃出去又能怎樣？那個男人還不是會一直跟著自己。

光是這個想法，就讓曉潔退了兩步，離開門口，但是恐懼感也隨著遠離門口而不斷浮現出來，讓曉潔又忍不住朝門口靠近兩步。

沒有音樂，但曉潔卻像是跳舞般，一會進一會退，內心的掙扎可見一斑。

就這樣不知道掙扎了多久，門突然打了開來，阿吉回來了。

見到阿吉，曉潔先是面露喜色，接著又板著臉，想要質問阿吉為什麼要把自己丟在這裡，結果話還沒說出口，阿吉已經走到沙發旁邊，開始收拾東西。

「走吧，」阿吉邊收東西邊說：「我已經查清楚了。」

「查清楚了？」

「嗯，」阿吉點著頭說：「事實上，就在妳們在這間包廂歡唱的那一天，這裡發生了一樁不幸事件。負責放歌的機房那邊，有個工作人員突然暴斃，而且死亡的時候剛好就是在幫妳們播歌，我剛剛也跟法醫通過電話了，證實那傢伙的死因並不單純。」

聽到阿吉這麼說，曉潔不禁一愣，皺著眉頭說：「一般民眾可以隨便跟法醫通電話嗎？」

「不好意思喔，」阿吉白了曉潔一眼：「我還真認識不少法醫，警察也認識不少。」

「是阿吉認識？」曉潔不甘示弱地瞪了阿吉一眼說：「還是洪老師認識？」

「當然是我，」阿吉一臉正經地說：「我哥那麼『閉俗』，才不像我這麼交遊廣闊。」

聽到阿吉這麼說，尤其是他還一臉正經的模樣，讓曉潔不禁在內心吶喊。

——這傢伙肯定有精神分裂症。

曉潔白眼搖了搖頭，不想再為眼前這個金髮男子多費思量，轉而將思緒轉到剛剛阿吉所說的線索。

曉潔還依稀記得在眾人慌忙離開之際，的確有看到警車往 KTV 這邊過來，看樣子阿吉並不是亂蓋的，可是這還是沒有解開曉潔的疑惑。

「他的死跟我有什麼關係？」曉潔摸著自己的下巴喃喃自語道：「啊！所以你的意思是那個跟著我的男人就是他嗎？不過，我們跟他無冤無仇，為什麼要跟著我？喔！我懂了！他一定是有什麼冤情，希望我們幫他……。可是那天在場的人那麼多，為什麼只找上我？而且如果是申冤的話，又為什麼要殺害昨天那個師公呢？」

曉潔完全陷入自己的推論之中，沒有理會阿吉，回過神來才發現阿吉用死魚眼看著自己。

「首先，」阿吉搖搖頭說：「跟著妳的那個男人，並不是那個可憐的員工。再者，他根本也不是為了申冤。最後，我算過時間了，的確跟我說的一樣，再過不到幾個小時，他就會找上妳了。」

曉潔聽完阿吉所說的，一時之間還不了解那男人找上自己的原因是什麼，而阿吉已經在剛剛自己思考謎團的時候，將他帶來的東西和袋子都收拾好，準備離開。

「找……找上我要幹嘛？」眼看阿吉就要走了，曉潔來不及想清楚，急忙問道。

「妳說呢？」阿吉一邊走向門口，一邊回頭說：「當然就是要妳的命啊！難不成是要約妳去看電影嗎！」

4

兩人離開 KTV 之後，立刻趕回阿吉的廟宇。

車子剛停好，阿吉立刻下車去打開後車廂，阿吉突然積極的舉動，反而讓曉潔有點不知所措。

畢竟一個從見面就一直油腔滑調，一副玩世不恭模樣的男人，突然變得認真踏實，多半都會讓人感覺事態非常嚴重。

「今晚，」曉潔才剛下車，就聽到阿吉說：「就是他會找上妳的時候了。」

聽阿吉說得緊張，曉潔也不自覺地繃緊了神經。

「那怎麼辦？」曉潔沉著臉問：「我們現在該怎麼做？」

「我們沒有多少時間了，」阿吉突然塞了一包東西給曉潔說：「來，先換上這件衣服。」

事情完全出乎曉潔的意料之外，怎麼會突然要自己換衣服？

不過正當曉潔想要問的時候，阿吉立刻皺著眉頭說：「別再問問題了，快點，一樓旁邊有廁所，妳就在那邊換吧！」

阿吉說得急迫又篤定，曉潔也沒有太多可以爭論的空間，抓著阿吉給的袋子，立刻朝著廁所去。

廟宇的廁所打掃得還算乾淨，曉潔找了一間廁所，將門鎖上之後，立刻脫下學校制服，準備換上阿吉給的衣服。

雖然一直到現在為止，曉潔都不知道換衣服的意義是什麼，可是阿吉完全沒有給曉潔猶豫的空間，曉潔只好照著辦。

脫下衣服之後，打開袋子，曉潔朝裡面一看，難以置信到極點的表情立時躍上臉上。

這是什麼鬼！

曉潔簡直不敢相信自己的眼睛。

曉潔將袋子裡面的黑色衣服拿出來確認了一眼，沒錯，真的跟自己想的一樣。

他到底在搞什麼？這不是電影或遊戲裡面才會出現的兔女郎裝嗎！

看著手上那件低胸高衩的兔女郎裝，又看了看自己脫下來的校服，曉潔心中徹底陷入了天人交戰。

一方面很想不換就出去，然後直接找阿吉算帳，一方面又擔心會不會換衣服真的有它的意義。

看著手上的兔女郎裝，曉潔真的委屈到淚都快飆出來了。

她這輩子從來沒有穿過那麼暴露的衣服，就連她的泳衣都比這件還要保守。

經過一番掙扎之後，曉潔用力地跺了跺腳，然後心一橫，將兔女郎裝給穿上。

換好衣服之後，曉潔怒氣沖沖地衝出廁所。

「你給我說清楚！」回到阿吉車子旁邊，曉潔立刻怒火中燒地罵道：「為什麼要給我穿這種衣服？這對情況有幫助嗎？」

「有！」阿吉瞪大了雙眼，一臉正經地答道：「非常有幫助！」

在今晚見識到了阿吉的厚臉皮與打死不認帳的功力之後，不管阿吉說得如何正經，曉潔都不會輕易相信了。

曉潔正準備好好跟阿吉吵一下，誰知道嘴巴張開，正要開罵下去，下巴就合不起來了。因為此刻，那男鬼就這麼浮現在兩人旁邊，差不多只有不到十步的距離。

這是那鬼魂第一次如此靠近自己，同時也是第一次，曉潔終於看清楚那男鬼恐怖的面容。

兩人之間的對話也因為這個不速之客而中斷。

曉潔張大了嘴，阿吉也跟著愣在原地，兩人不約而同緩緩地轉向那男鬼。

男鬼側著頭瞪著曉潔，接著又轉向了阿吉，上下打量了阿吉一番。

「不要阻撓我，」男鬼對阿吉說：「不然就連你一起殺！」

想不到鬼魂現身之後，竟然是先針對阿吉，曉潔轉過來看著阿吉，心中期待至少忍了他一晚的胡言亂語，此刻鬼魂現身，總該有點作為才對。

只見被鬼魂嗆聲的阿吉瞪大了雙眼，一臉驚恐的模樣，下一秒鐘，阿吉的行為更是讓曉潔大吃一驚。

只見阿吉用手比著曉潔，似乎是要男鬼別客氣就上吧，只差沒說出請享用這樣的話而已。

這下子不只有曉潔驚訝到說不出話來，就連那男鬼也有點意外，不過那只有一下子而已，眼看這男人沒有要阻擋自己好事的意思，男鬼也不打算多理會阿吉，直接轉向了曉潔。

曉潔見狀，對阿吉投以求救的眼光，想不到阿吉非但完全不看自己這邊，甚至還緩緩地轉身背對了自己，然後突然朝車子那邊跑去。

曉潔完全看傻了眼，這還真是遇人不淑啊！

想不到阿吉竟然會在做了那麼多令人不齒的事情之後，還這麼乾脆地臨陣退縮，讓曉潔真的是氣到連話都說不出來了。

見到阿吉這樣，男鬼也不再多說，大步朝曉潔而來。

曉潔見了，轉身拔腿就跑，跑沒幾步突然想到，自己現在所在的地方就是廟宇，只要躲到裡面去，想必就算是鬼也不敢追進去吧。

曉潔跑到正殿，才發現廟宇的正門全部鎖住了，曉潔哪裡管得了那麼多，用力推著、拍著門，力求可以逃入廟裡面。

那鬼魂似乎也看出了曉潔的心思，快速朝曉潔這邊衝來。

正殿的大門比起一般居家的門還要大上一倍，透過門縫，曉潔看到了門後面是用古老的那種大木門栓拴住的，就算裡面的人要開門，也得費上一點功夫。

眼看正門打不開，曉潔也不敢多作停留，總之只要能設法進去廟裡面，應該就可以了吧？

曉潔轉過身，看到旁邊有道通往樓上的樓梯，趕緊朝那邊跑過去。

那男鬼等待了許久，就是為了這一刻，就算曉潔逃到閻王前，說不定他都會追過去，更何況只是廟宇的二樓。

跑上二樓的曉潔本來還打算看看有沒有地方可以進入廟宇裡面，想不到走出樓梯後，不管左看還是右看，空蕩蕩的走廊上看到的，竟然都是一扇又一扇緊閉的窗戶。

曉潔慌到了極點，管他三七二十一，直接就在二樓走廊上狂奔了起來。

跑到了走廊盡頭，彎過轉角一看，曉潔差點沒暈倒，只見一整排走廊看過去，全部都是緊閉的窗戶，竟然連一扇門都沒有。

眼看前途不妙，曉潔趕緊掉頭朝走廊的另一側跑去。

剛剛出了樓梯之後，曉潔選擇往右跑，現在則轉往樓梯的左側跑去。

豈料到了走廊另一端的轉角，轉頭一看，這一邊的走廊依舊只有一整排的窗戶，讓曉潔真的是欲哭無淚。

雖然說那些窗戶應該可以打破，但是曉潔手邊並沒有任何適合的東西，偏偏自己又只穿了這件布料極少、裸露度極高的兔女郎裝，硬要用肉身打破窗戶的話，可能不需要鬼魂，光是被這些玻璃碎片劃到就多處失血往生了。

沒辦法，曉潔不敢冒險，只能硬著頭皮轉身折回樓梯，趁著鬼魂還沒追上來之前，再朝樓上跑去。

然而不管來到三樓還是四樓，情況都跟二樓一樣，整個走廊上看到的，除了窗戶就只有牆壁。

當然曉潔不可能知道這間廟宇在建設之初，因為要供奉鍾馗主神之故，風水方面都有考究，因此除了有鍾馗像鎮守的正殿以外，其他所有門都開在南面，而曉潔登上的階梯，卻是在北面。

也因此才會不管曉潔往東還是往西，都看不見那只開在南側的門。

這次真的死定了！

曉潔感到絕望，正打算退回樓梯，想辦法逃回樓下，猛一轉身，只見男鬼已經站在自己的面前。

兩人四目相對之下，曉潔只覺得自己整個人都被那恐怖的雙眼給震懾住，想逃也沒有辦法了。

人生就這樣結束了……

曉潔心中終於有了這樣覺悟。

男鬼沒有多說什麼，雙手往前一伸，掐住了曉潔的脖子。

被恐懼感征服的曉潔，完全沒辦法抵抗，就這樣任憑男鬼處置。

想不到男鬼才剛掐住曉潔的脖子，立刻彷彿被電到般，震了一下，然後整個向後退了一大步。

「嗚啊！」男鬼哀號大叫。

曉潔則是一臉莫名其妙，不知道到底發生了什麼事情。

「葉曉潔！」阿吉突然出現在一樓廣場叫道：「快下來！」

阿吉的呼喊讓曉潔回過神來，趁著鬼魂退了幾步的縫隙，趕忙朝樓梯奔去，不敢有半點猶豫地衝下樓。

奮力衝到一樓的曉潔，才剛跑下樓就看到阿吉一身的行頭，讓她瞬間愣了一下。

這是哪裡來的黃金聖鬥士啊！

只見阿吉此刻又徹底換了個造型，拿掉有色眼鏡的阿吉，穿著全身金光閃閃的道袍。那身黃金道袍，與他那一頭金髮，簡直就像是在互相呼應，在曉潔的眼中可真是俗到了極點。

「快點過來啊！」

直到阿吉再次催促，曉潔才勉強回過神來，趕緊跑到阿吉身邊。

來到阿吉身邊的曉潔，抬頭一看，只看到阿吉的一對眼睛，並不是看著自己的臉，而是向下低了十度。

一發現阿吉竟然就這麼大剌剌地緊盯著自己的胸口，又想到自己被阿吉騙了換上這套兔女郎裝，立刻讓曉潔羞到整張臉都紅透了。

「你在看哪裡啊！」曉潔用手抱著胸口罵道：「色鬼！」

想不到阿吉好像看傻了，竟然還是愣愣地盯著曉潔無法完全用手遮擋住的事業線。

正當曉潔打算給阿吉一巴掌，好好打醒這個好色的傢伙時，手才剛舉起來，就看到了男鬼又再度出現在兩人的旁邊。

男鬼見到阿吉的一身裝扮，立刻明白自己被耍了，氣憤地朝兩人撲過來。

曉潔見狀，立刻又是一連退了好幾步，並且對那個盯著自己胸部不放的阿吉叫道：「小心！」

男鬼沒給阿吉太多反應的時間，曉潔提醒的話才剛叫出口，男鬼已經近在咫尺並且伸出手朝阿吉抓過去。

只見阿吉仍舊盯著曉潔的胸口，但卻突然伸出手來，手上還握著符籙，不偏不倚地對準了男鬼。

想不到阿吉雖然緊盯著曉潔的胸口，卻能夠分心出手偷襲男鬼，不要說男鬼，就連曉潔都沒料到阿吉會突然出手，這一下讓男鬼完全措手不及，幾乎是自己朝著符籙而去。

如果對方是人，那麼阿吉的這一手，在對方重心不穩的情況之下，肯定不可能躲得過，偏偏現在的對象並不適用於這樣的物理慣性。

男鬼當然知道一旦撞上對自己會有什麼樣的效果，立刻將身體向下一縮，非但驚險地躲過了這一下，甚至將整個鬼影都鑽入地底，消失了蹤跡。

眼看鬼魂消失，阿吉也不感到意外，反而對著一連退了好幾步的曉潔揮了揮手要她過來。

即便親眼看見鬼魂在面前消失，曉潔還是驚魂未定地環顧了一下四周，確定沒有看到那男鬼的蹤影之後，才朝阿吉那邊走過去。

好不容易到了阿吉身邊，曉潔這才稍微安心，用手撐著膝蓋，大口大口地喘著氣。

「這樣……」終於不用再逃命的曉潔上氣不接下氣地問：「就可以了嗎？那男鬼離開了嗎？」

「哈，」阿吉揮著手笑道：「怎麼可能？」

曉潔見到阿吉這一臉無所謂的模樣，真的氣到說不出話來。

「今晚是唯一的機會，」阿吉扭了扭脖子說：「不在今天把妳解決掉，他是不可能會罷休的。」

「你可以不要這麼冷靜地說著那麼恐怖的事情嗎？」曉潔無奈地抗議道。

「也沒有那麼恐怖啦，只要了解對方就不會那麼可怕了，」阿吉漫不經心地說：「你們常說的地縛靈，其實就是源自於我們這一派的說法，可惜我們一百零八種鬼魂裡面，你們最熟的也只有這種。」

曉潔似懂非懂地點著頭。

「那個纏著妳，」阿吉繼續說：「好像電車癡漢的鬼魂，就是跟地縛靈很類似的鬼魂，雖然比起地縛靈來說，那個鬼魂的危險性要高上許多，不過也不算什麼難纏的鬼魂就是了。」

阿吉說得一派輕鬆的模樣，但是曉潔可沒辦法像阿吉一樣看得那麼開。

「可是，」曉潔看著四周說：「這裡不是廟嗎？為什麼他不怕呢？一個連廟都不怕的鬼魂還不算難纏？」

「喔，」阿吉聳了聳肩說：「那是因為我們的廟沒有外郭，妳也看到了，我們三邊都被一般民宅包圍，所以對鬼魂的鎮壓效果比較低，而且也只有在有供奉神尊的本殿才有避邪作用。至於妳說是廟嘛，平常我們可是連本殿都不開放給一般民眾參拜就是了。」

這是什麼怪廟啊？

曉潔不自覺地在內心吶喊。

不過就在曉潔準備發表內心意見的時候，身後此起彼落地傳來了一陣陣狗群的低鳴。

在台灣的民間信仰之中，這就是所謂的吹狗螺，也是一種有不明事物靠近的警示。

曉潔當然聽過吹狗螺，只是不同的是，以前聽到大多是嗤之以鼻，但現在聽到卻是一點也笑不出來。

「……他、他又來了。」曉潔不自覺地朝阿吉靠過去，抓住了阿吉的道袍。

「別怕，」阿吉淡淡地說：「妳一怕，陽氣就會變弱，更容易讓他們有機可乘。」

「你說得簡單，」曉潔哭喪著臉說：「有多少人在看到鬼之後還能保持冷靜的？你去找一……」

曉潔話還沒有說完，目光才剛轉向阿吉就看到了那個鬼魂，不禁張大了嘴，說到一半的話也硬生生吞了回去。

只見那鬼魂突然出現在阿吉的身後，一張哀怨的臉就浮現在阿吉的肩頭，不要說內心怕不怕，曉潔覺得自己連腿都軟了。

「死吧。」男鬼在阿吉的耳邊喃道。

阿吉皺著眉頭，絲毫不把鬼魂放在眼裡，搖搖頭說：「如果連你都收不了的話，我師父在天之靈可是會哭的。」

阿吉話才剛說完，右手突然朝著自己的肩頭一拍。

這一下來得很快，然而鬼魂更快，在阿吉的右手到來之前，就已經一連退了幾呎，躲開了這一拍。

在鬼魂後退之後，曉潔這才看清楚，原來剛剛阿吉的右手不是只有拍而已，手上還拿著一張符籙。

那鬼魂沉著臉，瞪著阿吉說：「你不要以為拿了張符、換了件衣服就可以對付我，我今天晚上就要你知道，多管閒事的人會有什麼下場，得罪不應該得罪的人又會有什麼下場。」

阿吉仍然面無表情地聳了聳肩，然後將左手舉到嘴前，用力一吹。

只見阿吉的左手立刻散出一片灰色的煙塵，有點像是煙霧彈一樣，讓阿吉與鬼魂處於一片霧濛濛之中。

也許是因為知道這種把戲傷不了自己，那鬼魂完全沒有動作，只是冷冷地看著阿吉。

「誰得罪不應該得罪的人，可別說得太快啊。」阿吉不客氣地嗆聲。

只見阿吉吹出來的煙塵，緩緩地向下飄散，而在煙塵之中，曉潔隱約看見一條綠色的繩索，緩緩地浮現出來。

「哈，」阿吉冷笑了一聲說：「你的狐狸尾巴露出來了。」

在煙塵過後，曉潔定睛一看，不禁倒抽一口氣。

只見男鬼的腳下纏著一條隱約可見的綠色透明繩索，一路一直延伸連接在自己的腳下。

曉潔見狀立刻蹲下去，想要解開不知何時綁在自己腳上的綠繩，可是雙手卻完全碰不到那條綠繩，就好像它根本不存在一樣。

男鬼見曉潔蹲下去，想要解開自己腳上的線，立刻又朝曉潔而來。

男鬼才剛移動，突然空中金光一閃，一道銀色的線條朝男鬼射了過去。

男鬼見狀立刻低身閃開，想不到男鬼才剛閃過，立刻又一條線條朝男鬼射過來。

曉潔完全不知道到底發生什麼事情，轉頭看向阿吉，這時才看到阿吉其中一隻手上扣著一串銅錢，另外一隻手取下銅錢一扣便對準了男鬼射過去。

男鬼向左，銅錢便射向左，男鬼向右，銅錢便射向右。

阿吉每射出一枚銅錢，都讓男鬼不得不閃避，畢竟這些銅錢對鬼魂來說，有一定的殺傷力。

比起昨天那個拿著桃木劍隨便亂揮的師公來說，阿吉的舉止對男鬼的挑釁有過之而無不及。

阿吉一連射出六發才停手，男鬼卻在這六發左閃右避之下，一連退了好幾步。

「你活膩了嗎？」男鬼怒目瞪視著阿吉斥道：「竟敢這樣戲弄我！」

眼看男鬼火大了，讓曉潔更是害怕，可是阿吉卻一臉不在乎。

「哼，」阿吉冷哼了一聲說：「你還搞不懂嗎？我不是戲弄你，而是要把你逼到我的陣中，現在你已經進到我佈下的陣裡，勝負已經決定了。」

男鬼聽了先是看看自己的腳下，接著臉色一變突然奮力朝曉潔撲去。

看到男鬼又朝自己撲過來，恐懼的曉潔下意識又想轉身逃跑，但是才向後退一步，就發現自己的背部被阿吉壓住，沒辦法後退。

沒有退成的曉潔，驚恐地看向那朝自己撲上來的男鬼，才發現男鬼只有上半身朝自己這邊動了一下，下半身卻是牢牢地定在原地，半點也動不了。

「別怕，」阿吉在曉潔身後淡淡地說：「從當初看妳印堂發黑，雙目混濁不容易聚焦，大概就猜到妳被這樣的傢伙纏上了。就像口訣所說的，印黑而目濁，為其先兆，七日見其魂，現魂之際即為索命之時。完全就跟教科書裡面所記載的一樣。」

聽到阿吉這麼唸道，曉潔不禁在心裡吶喊：「你這是哪門子的職業病啊！還說你不是洪老師？不然為什麼見到鬼還在那邊唸什麼咬文嚼字的東西啊？」

不過曉潔也知道，現在不是跟阿吉吵架的時候，眼看那鬼魂就站在距離不到五公尺的地方，曉潔怎樣都沒辦法安心。

「不用擔心，他離不開我佈下的陣，」阿吉彷彿看穿曉潔內心的不安，拍了拍曉潔的肩膀說：「事實上妳們之所以會去惹到這隻鬼，只是運氣不好，加上時運不佳、陽氣太弱所造成的。我先前告訴妳的，那天跟妳們同一時間在KTV機房裡面的那個可憐員工，才是原本招惹到這傢伙的倒楣鬼。在他死掉之後，這傢伙透過播放機器找到了妳，然後妳就被纏上了，事情就是這麼簡單。」

阿吉說得簡單，曉潔卻是越聽越覺得莫名其妙。

「那位負責解剖的法醫跟我有過幾次合作的經驗，我們還算滿熟的。」阿吉沒有理會曉潔的反應，繼續說道：「我請他幫我做了個實驗，讓那個死在KTV的可憐蟲嘴巴裡夾一柱香，然後點燃，果然在不到一炷香的時間裡，就看到有大量的水從死者的口中流出來。」

說著說著，阿吉突然停下來，有點逗趣地看著曉潔說：「說到這裡，我考妳一個字。」

「啊？」曉潔張大了嘴，一臉難以置信。

這真是詭異又讓人無言的職業病啊！國文老師真的要挑這個時候考學生生字嗎！

「一個口字，」阿吉笑著說：「然後裡面包了個水，妳知道怎麼唸嗎？」

外面是個口，裡面是水，不要說讀音了，曉潔根本連看都沒有看過，因此搖了搖頭。

「那個字唸囦，」阿吉笑著說：「音就跟冤枉的冤一樣，其實它跟淵源的淵是一樣的，只不過它是古字而已。而這個字就跟濕灰一樣，取其諧音，口中冒水即為涵，意思正是含冤而死。這是鬼魂利用自己遺體訴冤最常見的情況，只要被鬼魂所害的人，大部分都會有這樣的結果。我不知道他實際上是怎麼死的，不過我想應該十之八九也是這個鬼魂殺的。」

在阿吉跟曉潔說話的這段時間裡面，那個男鬼很顯然被徹底困在地上所畫的陣中，完全無法離開一步。

可是即便如此，曉潔還是感到恐懼萬分，更重要的是，她到現在還是不懂為什麼這鬼魂要找上自己。

「可是為什麼……」曉潔哭喪著臉說：「他要這樣亂殺人？」

「像他這種鬼魂，」阿吉一臉不以為然地說：「就好像寄生在人類身上，必須吸人的精氣才能繼續賴在這個世界。」

阿吉說完，朝陣中踏了一步，雙眼瞪著男鬼。

「我想你殺的人也已經夠多了，」阿吉對男鬼說：「是時候該還債了。」

阿吉用食指與中指夾著一張符籙，將符籙一轉，就好像拍電影一樣，符籙真的燃燒了起來。

那男鬼拚命想要衝出陣外，可是身上卻好像具有磁性般，不斷被吸回陣中。

騰在空中的男鬼痛苦地朝曉潔伸出手，看起來像是在向曉潔求救，又像是想要將曉潔一起扯入陣中。

曉潔見了不免感到恐懼，往後退了一步，只是腳上的那綠線彷彿命運相連般，自己每退一步，那男鬼好像也被帶動地朝陣外移了一步，看到這樣的情況，讓曉潔不敢妄動，深怕自己真的成了男鬼的助力，讓他從陣中脫困。

就在曉潔進退兩難之際，阿吉來到曉潔與男鬼之間，手上抓了一把白色宛如砂礫般的東西，朝男鬼身上撒去。

每撒一次，男鬼都會發出哀號聲，而那條男鬼與曉潔之間連接的綠線也跟著變淡了一點。

一連撒了三次，曉潔跟男鬼之間的那條線就這樣消失了。

失去了這條線的拉扯，男鬼再也抵抗不了阿吉的陣，整個被吸回陣中央。

阿吉從袍中拉出一把桃木劍，口中唸唸有詞地說：「燃一張引魂符，擲三缽破縛鹽，這是給你的斷魂劍。」

阿吉將桃木劍舉在胸前，走到了男鬼前面，高高舉起桃木劍繼續唸道：「人、縛、靈，這就是你的名，斷！」

只見那「斷」字一出，阿吉也揮下了手上的桃木劍，朝男鬼身上砍去。

男鬼這才驚覺，自己這一次真的惹錯人了。

然而後悔也來不及了，隨著劍落魂斷，男鬼只哀號了一聲，便整個消失在漫漫長夜之中。

眼看鬼魂消失，曉潔這下子才終於鬆了一口氣。

剛剛跟那鬼魂上上下下跑來跑去，體力已經透支了太多，眼看危機解除，曉潔立刻坐倒在地上。

「妳沒事吧？」

看到曉潔突然坐倒在地上，阿吉向前一步正準備表達關懷之意，只見曉潔伸出了手，阻止阿吉繼續靠近。

「等等！」

被曉潔的手定住的阿吉，不解地側著頭看著曉潔。

曉潔一連喘了幾口大氣之後，一對俏麗的大眼，突然睜得老大，惡狠狠地瞪著阿吉。

被這猛然一瞪的阿吉，就好像突然被人揍了一拳般，嚇了一跳，身體也跟著向後退了一點。

「那隻鬼剛出現的時候，」曉潔咬牙切齒地說：「你是不是……打算不管我的死活？」

「喔，」阿吉毫無所謂地說：「那個啊？那只是緩兵之計，我需要一點時間準備準備啊，所以才會讓妳先跟他玩一下。」

「玩一下？」曉潔一臉難以置信地說。

阿吉點了點頭。

曉潔挑眉地瞪著阿吉，再怎麼說，剛剛看阿吉對付那個鬼魂，不過就用了一張符，撒了三把鹽，外加一支桃木劍，實在沒有看到任何需要特別大費周章準備的東西。

「結果你準備了什麼？」曉潔瞪大著眼睛問：「就剛剛那張符跟鹽？」

「當然不是！」阿吉優雅地比了比自己的身體說：「要換道服啊！」

曉潔聽了張大了嘴，緩緩的從地上站起來。

「所以你讓我冒著生命的危險，」曉潔不自覺地雙手握起了拳頭：「跟那個鬼魂上上下下跑來跑去，就只是為了幫你賺取一點時間，好讓你換上這身金光閃閃的道服？」

曉潔說到後來，整個語調越來越上揚，一張俏麗的臉龐，這時已經不爽到了極點，彷彿雙眼都快要噴出火來了。

「切，」阿吉揮揮手說：「超人也需要找電話亭好嗎？我只是要換件衣服，有必要這麼激動嗎？」

曉潔聽了在心中發誓，如果不是這傢伙剛剛救了自己一命，而且還是自己的導師的話，她早就一拳揮過去了。

「這件衣服有法力嗎？」曉潔咬著牙問。

「沒有，只是純好看而已。」阿吉毫不猶豫地回答。

聽到阿吉說好看，曉潔突然感覺一陣頭暈，那是哪門子的審美觀啊！

不過真正讓曉潔在意的，絕對不是美感的問題。

「就為了你覺得好看，」曉潔感覺自己的頭上都已經冒出真正的火了：「我必須差點沒命？」

「這不能怪我啊，」阿吉一臉委屈地說：「我師父是這樣教我的，治鬼要衣裳，而且……這也不只有視覺上的效果好嗎？有很多暗袋裝了一些治鬼需要的東西。」

可惜不管阿吉怎麼說，在曉潔的耳中聽起來都像是辯解，講到這裡，曉潔才突然想到自己到現在還穿著這套讓人感到羞恥的低胸高衩兔女郎裝。

「所以我這件衣服……，」曉潔用手遮住自己的胸口說：「也只是為了好看嗎？」

「不一樣！」阿吉嚴正地說：「妳那件衣服可不是為了好看，我在請人製作這件衣服的時候，就已經先將寫符籙用的硃砂印上去，效果就好像在衣服上貼了符咒一樣。」

原本聽到阿吉的解說，讓曉潔不自覺地感到心虛，覺得自己錯怪阿吉了，這件衣服終究還是有點威力，也難怪當時男鬼碰到她，會像是被電到一樣往後彈，不是單純只為了吃自己豆腐而已。

但是聽到最後一句的時候，曉潔先是內心一懍，然後瞠目結舌。

「所以……」曉潔的雙眼已經露出了殺氣：「效果就跟貼了符咒一樣？」

「沒錯！」阿吉得意地說：「所以我說妳太小看這件衣服了。」

「那你直接拿張符咒給我貼不就好了！不是嗎？」

「不、不一樣，」阿吉明顯慌了，只能反覆重申：「不太一樣。」

「所以說到底，就只是美觀而已嘛……」

曉潔不再說話，只是緊緊握著拳頭不斷地發抖。

「……妳該不會想揍我吧？」阿吉有點怯懦地問。

「很明顯嗎？」曉潔冷冷地說。

「是，」阿吉苦著臉說：「別這樣，我可是妳的導師啊。」

「你不是說不是！」曉潔跺著腳叫道。

曉潔叫完便朝阿吉這邊衝過來，阿吉見狀當然不敢遲疑，立刻轉身拔腿就跑。

「別跑！」曉潔在後面追著叫道：「讓我踢一腳就好！你讓我穿這麼害羞的衣服！還被鬼魂追得跑來跑去，至少讓我踢一腳！」

「妳冷靜點！」阿吉叫道：「就算我不是妳的導師，至少也是妳的救命恩人啊！」

「所以讓我踢一腳就好！別跑！」

兩人就這樣在廟前廣場追逐著，或許阿吉沒有發現，但是自從師父往生之後，這間廟宇已經很久沒有這樣的活力了。

夜空之下，曉潔一直追著阿吉，就好像剛剛自己被鬼魂追的時候一樣，只是這一次，她是扮演鬼的角色……

尾聲

1

一切就好像什麼事情都沒有發生過。

在經過了這兩起事件之後，讓曉潔最不能適應的，就是這一點。

明明前一天才從死裡逃生，卻在隔天就得調適自己的心情，彷彿什麼事情都沒有發生過一樣，回到學校過著普通平靜的校園生活。

然後在學校還得看到那個裝死的阿吉，裝蒜的洪老師。

才剛踏進校門，曉潔就有種想要大大嘆一口氣的衝動。

想不到才剛這麼想，就看到了那個裝死的阿吉，不，在學校應該說是裝蒜的洪老師，就站在前面的穿堂。

因為手傷的關係，洪老師綁著繃帶吊著自己的手臂，看起來就好像骨折一樣，臉上也還留著昨天被地惑魔毆傷的瘀青。

「唉唷，洪老師！」旁邊剛好經過的一位王姓女老師見了，有點誇張地問道：「你的手跟臉怎麼啦？」

被王老師這麼一問，洪老師有點措手不及的樣子，低著頭說：「啊……從樓梯上跌下來，撞到了地板。」

「哈哈哈，」王老師笑著拍了拍洪老師的肩膀說：「洪老師總是這麼笨手笨腳，真的需要多小心一點啊。」

洪老師不好意思地搔了搔頭。

這個死騙子！

看到了洪老師扮豬吃老虎的模樣，曉潔在心中暗自咒罵著。

「如果有什麼不方便的事情，」王老師笑著跟洪老師說：「可以隨時跟我說，如果我可以幫忙的話，不要客氣啊。」

洪老師靦腆地點著頭，王老師轉身離開了穿堂，曉潔見狀準備上前，好好地酸洪老師一頓。

曉潔人還沒到，另外一邊就來了一個熟悉的人影，跑到了洪老師身邊。

被捷足先登的曉潔只能停下來。

一看之下，那人影正是昨天才剛從鬼門關前走一遭的徐馨。

徐馨來到了洪老師的面前，低著頭對洪老師說：「老師早。」

曉潔完全沒有想到徐馨會在今天就來到學校，畢竟昨天才好不容易死裡逃生，今天就算想要休假一天，也不算太過分的事情，尤其是徐馨的奶奶在這次的事件之中不幸喪生了，就算請假也是理所當然的事情。

因此突然看到徐馨，曉潔有點驚訝，看她上前跟洪老師攀談，也是內心一驚。

難道說，她跟自己一樣，都看出洪老師就是阿吉了嗎？

「洪老師，」徐馨抬頭看著洪老師，有點訝異地問：「你也受傷了？」

「嗯？啊……對啊，從樓梯跌下來了，哈哈。」洪老師為了掩飾尷尬，自嘲似地乾笑了兩聲。

「這樣啊，阿吉……你弟弟也受傷了，不知道他還好嗎？」徐馨並沒有在洪老師的傷勢話題多作停留，立刻關心起阿吉的身體狀況。

「不、不要緊，一點小傷而已，他很快就會好了。」

雖然洪老師仍然不改裝蒜的作風，但是曉潔猜想，此刻洪老師的內心也是緊張驚訝萬分吧？

「嗯……」徐馨低著頭，有點過意不去地說：「這次真的麻煩你們了。」

「哪裡，我沒幫上什麼忙，都是我弟弟的功勞。」

「妳家裡還好吧？」洪老師低著頭左右望了一下，似乎對於這樣跟學生在穿堂講話有所顧慮的感覺，不過所幸現在學生並不多，而且這裡只有少部分學生會經過，所以此刻除了曉潔之外，就只有洪老師跟徐馨兩人。

「還好，」徐馨點了點頭說：「有親戚來幫忙處理奶奶的後事，所以……」

一提到奶奶，徐馨的雙眼一紅，眼淚又不小心從眼眶滑落出來。

看到徐馨傷心，洪老師卻是宛如木頭般的杵在那邊，讓曉潔看了心中有氣，想要上前安慰一下徐馨。

曉潔還沒有動作，徐馨已經擦乾不小心滑落的淚水，用力地搖搖頭。

「妳可以不用勉強，」有如木頭人般的洪老師終於開口說道：「跟學校請幾天假，把奶奶的喪事處理好，心情回復一點再來學校。」

徐馨點了點頭說：「嗯，我今天就是來辦理喪假手續的，然後還有一件事情，想請老師幫忙一下……」

「什麼事情？」洪老師問。

徐馨伸手進入自己的書包之中，然後突然有點遲疑了。

此舉不只洪老師覺得奇怪，就連曉潔都有點看不懂現在是什麼情況。

猶豫了一會之後，徐馨突然將手從書包中抽了出來，手上這時多了一封信。

「那個……洪老師，」徐馨的整張臉紅得有如蘋果般說：「可以麻煩你把這封信，交給你弟弟阿吉嗎？」

「啊？」

即便兩人有點距離，但是洪老師與曉潔兩人異口同聲地張大了嘴。

「沒、沒有！」看到洪老師訝異的臉，徐馨臉更紅了，急道：「就是感謝他的幫忙，還有跟他說，他的救命之恩，我永遠不會忘記之類的……」

話還沒說完，徐馨已經說不下去，將信有點半強迫性地塞到了洪老師手中，然後紅著一張臉，低著頭向洪老師鞠了個躬說：「謝謝老師。」

說完之後，徐馨整個人羞紅著臉，頭也不回地低頭跑開。

站在穿堂上，洪老師真的愣住了，手上握著的信，彷彿還能聞到從信封飄散出來的淡淡香氣。

就在洪老師還沉醉在這股氣氛時，身後一個聲音冷冷地傳入他的耳中。

「學校是不准師生戀的，你不想當老師了嗎？哼！」

這句話彷彿是一把冰封的刀刃，狠狠地刺入洪老師的心中。

說話的不是別人，正是從洪老師身後走過去的曉潔所留下的。

曉潔冷冷的在洪老師旁邊輕聲說出這句話，接著不理會石化的洪老師，自己一個人逕自上樓。

整個穿堂，只剩下洪老師一個人，握著那封信，宛如石化般，佇立在原地。

2

是夜，整座都市都沉沉地睡去。

一頭金髮的阿吉，站在自家廟宇的二樓，仰望著那個掛在入口的牌子，上面寫著「呂偉道長生命紀念館」。

在師父呂偉道長去世，而阿吉又不願意繼承成為道長的情況之下，廟裡面的收入，幾乎都靠這間紀念館。

被人尊稱為一零八道長的呂偉道長，即便在死後的這些年，仍然是鍾馗派或其他門派的人士所景仰的對象。

因此不時都有各路道長，前來這邊參觀、悼念。

大部分廟宇所仰賴的是一般信徒的香油錢，但是這間廟宇，不管是一零八道長生前還是死後，都是靠道上道長們的捐獻。

說這是一間道長專用的廟宇，一點也不為過。

深夜的晚風，帶著一股涼意，讓阿吉不自覺地搓著自己的手臂。

幾年前，他就像現在一樣，心情異常沉重地站在這裡。

即便已經過了這些年，當時的場景仍然歷歷在目。

那天，就跟今晚一樣，同樣的深夜，同樣的寒風。

唯一不同的是，那個晚上，廟裡的工作人員進進出出，每個人臉上都是一臉驚慌與不安。

在呂偉道長往生之後，這裡才順勢改成紀念館，在此之前，一直都是呂偉道長的寢室與會客室。

那晚在寢室門外，阿吉就佇立在那裡，一對濃眉緊簇在一起，臉上的表情跟其他人差不多，只是神情之中可以看出比別人多一層的哀傷。

何嬤走了出來，眼角還泛著剛剛擦拭過的淚光。

何嬤看著阿吉，用哽咽的聲音說：「進去吧，你是他的第一個、也是最後一個弟子。在……那個時刻到來的時候，你應該要在他身邊。」

何嬤說完，淚水又再度流了下來。

阿吉點了點頭，走入寢室之中。

呂偉道長就躺在那裡，一臉蒼白，滿身都是汗水，可想而知現在的他肯定飽受痛苦的折磨。

沒有任何人可以接受，這竟然是一大傳奇的最終。

阿吉不忍心看著師父痛苦的模樣，擔心自己的情緒也會跟著崩潰。

他不能崩潰，至少不能在師父的面前，因為這只會讓師父更加難受而已。

阿吉低著頭，看著地板，緩緩地走到了呂偉道長的榻前，靜靜地坐了下來。

「阿吉啊。」呂偉道長看到了阿吉，輕聲地喚著他。

「師父，」阿吉伸出手，握住了道長的手答道：「我在。」

呂偉道長皺著眉頭，身體上的痛楚讓他知道，這很可能會是兩人最後一次交談了。

在痛楚舒緩了一點之後，呂偉道長看向阿吉，只見阿吉一臉哀傷，擔心地看著自己。呂偉道長的臉上浮現了一抹淡淡的笑，他問阿吉。

「宿命，你懂嗎？」

阿吉緩緩地搖搖頭說。

「從見到你的那一刻，」呂偉道長看著天花板，一臉回憶地說道：「我就知道，這是你我的宿命。」

此刻，阿吉根本沒辦法去理解呂偉道長話中的意思。

畢竟，這是宛如自己父親一樣的呂偉道長，在人世間的最後一刻。

阿吉的內心早已經被悲傷與痛苦填滿，根本沒辦法好好去咀嚼師父這句話的涵義。

「想做什麼，」呂偉道長用手撫著阿吉的手說：「就去做吧。你已經學會了我所有的真傳，我想……就算你不在這條路上，也逃不掉宿命的呼喚。」

阿吉抿著嘴，儘管想要裝作堅強，但是臉上的淚水，已經再也無法控制，順著臉頰滑落了下來。

「有一天，」呂偉道長苦笑著說：「你會懂的。」

這是天下知名的呂偉道長，跟自己的弟子所說的最後一句話。

那一天，名震江湖的呂偉道長駕鶴西歸，只留下一段傳奇與一名弟子。

喪禮在數天後於這間廟宇舉行，規模之浩大簡直快跟一般廟宇神明即將起駕遶境沒什麼兩樣，但是這並不是呂偉道長所想要的，只是世界各地的道長，幾乎都前來致哀，那陣容自然浩大無比。

喪禮那天的天很藍，阿吉的心卻很酸。

看著一片湛藍到讓人有些怨恨的天，阿吉心中一直在琢磨著與師父最後的對話。

「放手去做吧。」師父的話，不停在阿吉的腦海中迴盪。

一個月之後，阿吉在一片喧譁之聲中，斷然拒絕了繼承他師父成為道長的授命式，反而成為了J女中的老師，這件事情在法師界引起了軒然大波。

畢竟直升為道長是何等的榮耀與恩賞，而阿吉卻毫不猶豫的拒絕，這讓許多老一輩的法師為呂偉道長的絕學很可能因此失傳而感覺到震撼與不捨，但是阿吉仍然毅然決然地前往J女中當他的老師。

相安無事地度過了幾年，阿吉作夢也想不到，自己竟然會為了學生，用到自己已經封印多年的東西。

阿吉步入了生命紀念館，來到了紀念館的最深處，那裡有著呂偉道長的牌位。

阿吉看著師父的牌位，腦海裡面又傳來了師父的那句話。

「就算你不在這條路上，也逃不掉宿命的呼喚。」

阿吉不知道自己的宿命是什麼，也不知道當時師父臨死前所說的話，到底是什麼意思。

但是如果師父所指的，自己的宿命就是道士收魔伏妖的天命，那麼現在正是印證了當時師父所說的話。即便自己已經離開了道士的路，進入學校當老師，仍然還是會有需要重操舊職的一天。

如果真的這樣走下去，或許有一天，他會遇上那個殺害了自己師父的死仇。

站在師父的牌位前面，有那麼一瞬間，阿吉腦海裡面浮現了這些想法。

阿吉甩了甩頭，想要把這樣的想法甩出自己的腦海之中。

畢竟，就算真的遇到了那個死仇，現在的自己，也只是多賠上一條命而已。

那個只有一個字口訣的死仇，絕對不是自己可以對付的對手。

但是即使知道這一點，在阿吉的內心深處卻仍然希望，自己有一天可以為師父報仇。

但是這不切實際的想法，也只能在這樣的夏夜，站在師父牌位前，短暫地浮上心頭。

宿命，你懂嗎？

即便是現在，阿吉仍然不懂，因此如果有人真的問他，你相信宿命嗎？

阿吉肯定會搖搖頭說：「不相信。」

畢竟一個不懂的東西，本來就談不上相信。

但是，阿吉相信自己的師父。

既然師父說逃不掉，自己也會引頸期盼，即便那宿命，會賠上自己的性命，阿吉也不會嘗試去逃。

站在師父的牌位前，阿吉有著這樣肯定的想法。

只是此時此刻的阿吉，當然不可能想像得到，命運的齒輪，早在他跟曉潔相遇的那一刻起，便已經開始瘋狂地轉動了。

——不管是誰，都不可能全身而退。

後記

大家好，我是龍雲。

記得小時候在看那些港產殭屍片的時候，總是會被大人唸上幾句，說看那種東西沒有營養。

就連在同學之間，話題也總是繞著漫畫跟電玩之類的，電影，一直都找不到什麼同好，也很少聊到關於殭屍片的話題。

或許是拜現在的第四台之賜，記得去年在「殭屍」這部電影上檔的時候，跑去電影院以及各大看板一看之下才真正了解到，原來那些港產的殭屍片，已經成為大家成長共同的回憶之一。

在開始寫稿之後，就一直希望自己可以嘗試寫一本跟過去那些港產殭屍片有著相似世界觀的作品，而這本小說就是在這種嘗試性的想法下誕生的。

民俗信仰一直都是一個民族的文化根基，過去那些精采的殭屍片，在其他文化之下看起來會不會也一樣精采，我不敢保證，但是生活在台灣的大家，相信應該很容易就可以理解片子裡面的笑點與刺激的地方。

這或許也是那些恐怖片會成為大家心中經典的原因吧。

然而，現在想要再看到那樣的恐怖片，恐怕已經不可能了。

不過拜現在的科技所賜，我們還有機會在第四台等地方，回味當時這些經典的恐怖片。

我不知道大家喜歡這些片子的原因跟我一不一樣，畢竟每個人看故事的角度跟喜歡的點，都不太一樣。

但是，相信在看完這些片子之後，除了過癮之外，或多或少都會在你我的心中折射出一些想法與東西。

這本小說，就是過去那些恐怖片在我心中折射出來的故事。

我個人非常喜歡這個故事，希望你們也會喜歡。

那麼，我們下次見了。

龍雲

龍雲作品 01

驅魔教師 01：一零八傳奇

國家圖書館出版品預行編目資料

驅魔教師01：一零八傳奇 ／ 龍雲 著.
一 初版. 一 臺北市：春天出版國際，2015. 02
面；　公分. 一（龍雲作品；01）
ISBN 978-986-5706-37-1（平裝）
857.7　103016029

ISBN 978-986-5706-37-1
Printed in Taiwan

作者 龍雲
封面繪圖 B.c.N.y.
總編輯 莊宜勳
主編 鍾靈
責任編輯 黃郁潔
美術設計 三石設計

出版者 春天出版國際文化有限公司
地址 台北市信義區信義路四段458號3樓
電話 02-7718-0898
傳真 02-7718-2388
E-mail story@bookspring.com.tw
網址 http://www.bookspring.com.tw
部落格 http://blog.pixnet.net/bookspring
郵政帳號 19705538
戶名 春天出版國際文化有限公司
法律顧問 蕭顯忠律師事務所
出版日期 二〇一五年二月初版
定價 170元

總經銷 楨德圖書事業有限公司
地址 新北市新店區寶興路45巷6弄6號5樓
電話 02-8919-3186
傳真 02-8914-5524

龍雲
作品

龍雲
作品